东京往事

[日]松原岩五郎●著

熊韵●译

四川人民出版社

尔文

趣物博思　科学智识

最暗黑之東京

乾坤一布衣著

（松原岩五郎）

三味线艺人

柴钱旅店

赤城神社之图（神社门口的游客及糖果小贩）

明治时代东京街景图

鲛桥贫民窟之夜

丰川茶枳尼天堂内院之图（图右侧有个行乞者）

显贵舞会简图（一幅描绘鹿鸣馆舞会的浮世绘）

楠木正成湊川大合战之图（木刻版画）

善国寺毗沙门堂缘日之图（图中描绘的是庙会的热闹景象）

牛辻箪笥町南藏院及弁天坂之图
（图中有花贩、僧侣和吸引小孩子的摊贩）

御堀端之图（图中有车夫、士兵、商贩）

七福神浮世绘

东国风俗福喜图 吴服

被木曽驹若丸义仲抓住鼻子的天狗

粟津之战的巴御前

永代桥东大雪图（图中搬运工人冒雪前行）

大江山的酒吞童子与源赖光主仆

鉄路马车往返京桥砖墙建筑与竹河岸图

本乡三丁目与四丁目之图（图中为有轨电车）

出山寺挂衣松（图中为总泉寺，左下角是卖儿童玩具的小贩）

东神田染坊晾晒场高高挂起的布手巾之图

目录

前言 /1

最黑暗的东京 /1

一　贫民区的夜景 /5

二　柴钱旅店 /11

三　天然床铺与柴钱旅店 /15

四　住所及家具 /20

五　贫民区的谋生方式 /27

六　日结工中介 /32

七　剩饭屋 /37

八　贫民与食物 /43

九　贫民俱乐部 /47

十　新网町 /62

十一　饥寒之窟的一天 /70

十二　借贷 /75

十三　新城区 /86

十四　拍卖行 /91

十五　二手交易 /97

十六　坐吃山空 /102

十七　早市 /106

十八　十文钱的市场 /114

十九　无家可归的人 /120

二十　最黑暗之所的怪物 /125

二十一　日结工与工长 /131

二十二　餐饮店明细 /134

二十三　居酒屋的客人 /139

二十四　夜班车夫 /144

二十五　宿车 /149

目
录

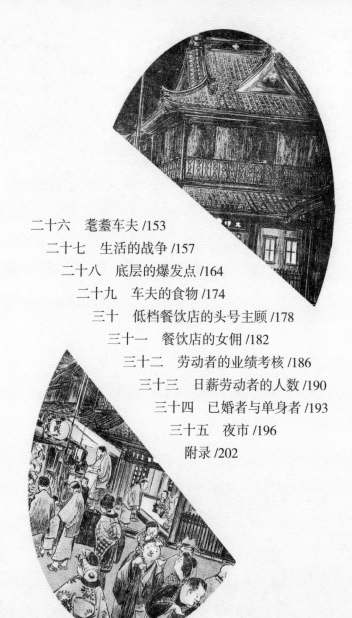

二十六　耄耋车夫 /153

二十七　生活的战争 /157

二十八　底层的爆发点 /164

二十九　车夫的食物 /174

三十　低档餐饮店的头号主顾 /178

三十一　餐饮店的女佣 /182

三十二　劳动者的业绩考核 /186

三十三　日薪劳动者的人数 /190

三十四　已婚者与单身者 /193

三十五　夜市 /196

附录 /202

东京往事

前言

《国民新闻》上连载的专栏业已博得世人喝彩，本书则是取其精华，添加大半新材料而成。世人如欲了解：

◇最黑暗的东京是怎样的所在？

◇柴钱旅店有多么鱼龙混杂？

◇剩饭屋是卖什么的地方？

◇贫民俱乐部是由谁组织的？

◇饥饿让人学到了什么？

◇饥寒之窟经济状况如何？

◇人们为何变得贫穷？

◇贫民区的借贷情况如何？

◇贫民区的当铺是什么样子？

◇小孩与猫在什么情况下能变成财产？

◇新城区在什么方位？

◇铜钱为什么长了翅膀会飞？

◇坐吃山空意味着什么？

◎黄金与纸屑哪个更值钱？

◎茕茕车夫如何生存？

◎生活的战争如何打响？

◎底层的爆发点是指什么？

◎车夫吃些什么？

◎低档餐饮店的头号主顾是谁？

◎餐饮店的女佣如何生存？

◎劳动者的业绩怎样考核？

◎日薪劳动者的人数有多少？

◎已婚者与单身者各是什么状态？

◎夜市的生意如何？

　　此外，还有拍卖行的详情、早市的热闹、文久钱市场的状况等。如欲弄清以上疑问，欢迎到最黑暗的东京来学习。作者乃是这贫穷天地的预审法官，饥寒之窟的代言人，观察穷人的显微镜，也是瞭望最底层的望远镜。

最黑暗的东京

　　于我而言，人们的生活最令人好奇。上至尊贵的王公，下至底层的乞丐，都以何种方式赚钱、何种方式获取食物？他们因何而乐、因何而悲？乐会如何、苦又会如何？因何产生希望，又因何感到绝望？本书里所写的内容，大都是记者在最黑暗之街区的生活实录。作者化身为遭仁慈之神抛弃的贫儿，日夜混迹于阳光照不进的黑暗贫民窟，与穷人为伍，挣扎求生五百余日，前后换过三十来次工作，所见千般，遭遇百般。这贫穷天地的生活几乎都已烙印在我记忆之中，在此将其记录下来，谨呈世间仁者。

　　某年某月某日，记者与几位朋友聚餐聊天，偶然提到伦敦的乞丐，感叹他们左手抓着黑面包啃、右手空拳打倒富豪的气势，可谓世界奇观。无论是英国的同盟罢工、法国的共产党，还是普鲁士与俄罗斯的社会主义者、虚无主义者，若要究其来源，必定要追溯到当地生活最黑暗的部分。在场各位都是时下俊杰，注定成为天下有志者的领袖或世界闻名的大政治家，所谈之事也大都是国际形势。大家年少气盛，免不了发表各种讥讽的评价，让笔者感慨非常。匠来已不再是五谷丰登的盛世，米价日益上涨，百姓受饥而泣，四方时有饿殍。与此同时，却也有人夜以继日地召开无名盛宴，欢愉之声响彻八方，都门亦可闻万岁呼声。昨日尚且平凡的社会，如今忽然生出种种怪相，眨眼之间，已是风起云涌。事已至此，焉能继续埋头读书。于是，我将国家大事秘托他人，暗自期许黑暗世界出现光明，为记录真实的平民生活而踏上旅途，飘然投身于最底层的饥寒之窟。

此行既无分文傍身，亦无他人声援。换言之，我是为了看看学问与智识，亦即我的智慧、勤劳乃至健康，在最黑暗的世界里能给我带来什么，才单枪匹马成为贫民窟的探险者。这不仅有助于我了解自身，也有助于我了解学问修行的意义，不仅能让我从贫穷之中学有所得，也是我这一生中屈指可数的活体实验。也就是说，我故意不带钱财、隐姓埋名、身无长物地闯入最黑暗的世界，试图以流浪天涯的穷人身份在那里谋生。

衣衫破烂的乞丐

流浪天涯的穷人，该如何在最黑暗的世界里生存呢？

时值九月下旬，残暑依然不近人情，似要焚尽路上尘土。马蹄溅起的灰尘、车轮滚过的烟雾、洒水后腾起的热气，无不让往来行人犹如置身蒸笼，路旁总有中暑倒下的贫苦劳力者。偶有成群乞丐站在屋檐下啃食早市上滞销的生瓜、生茄，或五厘钱一堆的烂桃子勉强充饥。接着，他们开始翻找各处的垃圾堆，刨出馊饭和烂鱼骨大嚼。这场景犹如插画，令笔者毛骨悚然。话虽如此，笔者眼下也成了一介贫民，虽然不似乞丐那样衣不蔽体、周身污秽，却也经历了数日饥渴，以天地为枕席，憔悴得不复人形，无论被谁瞧在眼里，都是个地道的贫苦者。

俗话说，"乞丐之子也会成长"，笔者便是如此成长为底层贫民的模样。路旁警察见了我，只会把我当成无所事事的游民；往来行人见了我，也会把我看作可怜的乞丐。当我头戴遮阳草帽，身穿破布似的衣衫，用两块衣角包着烂李子边啃边经过谷中墓地的乞丐们时，他们之中有人向我投来猜忌的目光，有人对我怒目而视，完全是看同类的眼神。笔者由此大获满足。啊，这一来，我无论是混入乞丐之中抢食，还是照看麻风病人，都不会引人怀疑了。赶紧随他们进入贫民窟，成为那里的新客人吧，这就是笔者当时的念头。

简言之，露天而宿，饥渴交加，堕落成乞丐在路边啃李子，都是笔者进入这所黑暗大学之前的必要准备。

一 贫民区的夜景

　　天色将暮，踏入黑暗世界的时刻终于来临。既然我已下定决心，哪怕刚成为穷人，尚不知如何谋生，也还是拖着流浪之躯，自上野的山坡缓步而下。很快，眼前出现如下的场景：分割出租的长屋[1] 宛如蒸汽火车的车厢，形成东西长、南北短的交错斜线，左边是寺院的墓地，右边与町家[2] 相连，呈凹字形或凸字形。这里就是府下[3] 十五区内，废弃房屋最多的贫民窟，从下谷山伏町绵延至万年町、神吉町，作为最底层人士的生活区域而为人所知。

　　穿过町家，迈入这片贫民窟，能看到无数怪异人士[4] 刚从城里打完工回来。有人背着鹤嘴镐，有人

---

1 长屋：一种联排房屋。有很多房间，通常被分割出租给许多户人家。类似我们说的大杂院、群租屋。（本书注释皆为译注）

2 町家：商人居住的房屋。面向马路的一面是商铺，铺子后是私人住宅。

3 府下：此处指东京府内。

4 本书出现的某些描述用语现在看来含有歧视意味，但当时人们并无这种意识。译文中尽量保留。

带着便当，有人穿着汗湿的劳动服，有人穿着建筑行业的外套，有的三五成群赶去熟悉的饭馆吃晚饭，他们就是所谓的日薪工人，干一天活儿能赚十八钱¹。后面有对饱受风吹日晒而皮肤发黄的人力车夫妇，用仅有的手巾包住孩子的肚皮，那模样在黄昏里尤为凄楚可怜。

三味线艺人在路上唱歌

---

1 钱：做货币单位时，一钱即一文；做重量单位时，一钱为一贯的千分之一，约 3.75g。

再往后，一对十二三岁的贫穷少女迎面走来：姐姐抱着三味线[1]，妹妹手持扇子，头戴草笠，两人一边往家走，一边计算今天挣到的钱。之后，以清理烟枪[2]为生的老头蹒跚而过，换木屐齿的老头、耍把戏的糖果小贩、几个买罐子的女人、收废品的人、往来行商也陆续走过眼前。此外，还有该贫民窟独有的幼儿艺人——角兵卫狮子[3]舞表演者，吃着煮螃蟹、炒高粱籽，在班主的带领下拖着疲惫的步伐回家。

进出贫民窟的要冲，是町家前面的十字路口。此刻，河岸商人卸下担子开始张罗生意，蔬菜店在门前木板上摆出白天卖剩的茄子、黄瓜、土豆、芋头、蒟蒻、莲藕等，水产干货店则售卖咸鲑鱼、鳕鱼干、乌贼干、青花鱼干、鲹鱼干和柿饼串儿。正对面的腌菜店摆出快过期的腌萝卜干、腌茄子、辣姜与梅干，一堆只要一百文。隔壁居酒屋前，烤鸡

---

1 三味线：日本的一种弦乐器。

2 清理烟枪：这种职业名为"罗宇屋"，专门为顾客清理烟枪的金属部分，并更换中间那截用久堵塞的竹竿。因为竹竿来源于老挝（ラウス）的黑斑竹，故称这种竹竿为ラウ（日文中写作"罗宇"）。

3 角兵卫狮子：又名"越后狮子"，始于江户时代中期，为日本新潟县传统表演艺术。

肉串、烤乌贼、烤玉米的香气飘满整条街道。应贫民需求而生的旧木屐店、废品店、旧衣店，在夕阳之下显得异常热闹。

角兵卫狮子舞

经商者中，以黄昏河岸的鱼店手段最为高超，男人切开鳄鱼、金枪鱼，杀好鲕鱼、鲣鱼，女人从旁端出蒸好的蟹，小童忙着挑虾装盘并用奇怪的方式大声报数。许多人等在店外头，想买几片新鲜鱼肉或些许肉糜回家，也有人欲买些生鱼片，另有围观者自四面八方涌来，把这里围得水泄不通。

贫民的欢饮时刻

油烟从一家家店铺里钻出，衬得这最黑暗之地的夜景一片繁荣。居酒屋里坐着许多喝酒的苦力，饭馆里也有无数下等客人混杂其中，勉强能称为曲艺场的下级表演场里坐满男女老少，舞台之上表演的回响频频在室外扩散，吸引着行人入内观看。刚成为贫穷人士的我，对这片热闹视若无睹，径自往更黑暗处走去。就在这片夜景的尽头，一盏熏黑的灯挂在房檐下。那里就是柴钱旅店[1]，大量底层人士的混居之所。

想来，我在这所贫困大学的第一课，就是先进入这鱼龙混杂的洞穴，观察里面的各色人物，他们应该能代表贫困天地的部分特点。思及此，我信步走进了那家旅店。

1 柴钱旅店：日文写作"木賃宿"。一种简易旅店，只需要支付自己做饭用的柴钱便可居住。

二　柴钱旅店

　　进入柴钱旅店，首先映入眼帘的是店内堆积的杂物。啊，接下来一段时间，我就要与这些远游商人、旅行艺人、云游僧人及参拜者为伍了吗？他们的旅途，必然充满奇谈怪论。眼下，他们刚结束故事的第一章，落脚于都市一隅，短暂休息。跟随行商走南闯北的各种道具箱，艺人、杂技演员表演用的长柄伞、帐篷、竹竿，云游僧人的行李箱，巡礼者的斗笠，还有锡杖、手杖、因长途跋涉磨破的草鞋等，无一不彰显出旅店住客的混杂。

　　我先支付了三钱住宿费，按店主的吩咐，把鞋子用纸条绑好丢进檐廊下，然后随他进入起居室。三间开放式起居室刚好有二十张榻榻米大小，中央的柱子上挂着白铁皮箱子，里面是照明用的煤油灯。室内已有五六人各占一席，有人枕着五寸大小的杉树圆木仰躺在地，有人以圆木为烟缸敲着烟枪，还有人正襟危坐于煤油灯下，手拿剃刀不断摩挲下巴，想来是要趁客人变多之前把胡子刮了。

作为新房客，我在右侧的暗处找了个位置坐下。这里堆放着许多寝具，沾满污垢的被褥散发出难以形容的臭气，不由令人担忧旅店的卫生状况。坐在我旁边的老汉，应该就是专门哄逗小孩的糖果商贩。他身上那件皱巴巴的衣服发出阵阵恶臭，不仅如此，他还不断搔挠脖子与腋下，若无其事地捉下身上的小虫将其咬死。我坐立难安，真想找机会换个地方，但很快又有四五位房客进来了。仔细一看，他们都是土木工人或日薪卖苦力者，身上披着单衣，其中还有老年车夫。

接着进来的，是一对以修理旅行用的蝙蝠伞为生的夫妇。两人带了个四岁左右的小孩，妻子似乎颇有住店经验，动作轻快熟练，令人心生好感。她看着屋里各色人等，对小孩说："哇，好多叔叔呀!"逗得孩子直乐。我也向他们颔首，打了个招呼。从旁打量这位妻子，只见她黑皮肤、低鼻梁、厚嘴唇，牙齿染过铁浆[1]，容貌可算丑陋，但整个人却焕发出天然的妩媚，举手投足间透着股四海为家的坦荡，眉目间又有视众人为同胞的仁慈。

这时，旁边有个日结工[2]模样的年轻人开始缝补一件开线的单衣，动作十分笨拙。妇人见状，立刻夺过衣服和针线，三两句话的工夫就把破处缝得整整齐齐，物归原主。年轻人高兴得直说谢谢。见此情形，我暗自感叹，她已将这人员混杂的柴钱旅店当成了自己美满的家。就算退一万步，假设她犯事进了监狱，想来也能与囚徒们称兄道弟，亲如一家吧。她那坦荡胸

用铁浆染黑牙齿的妇女

◀1 江户时期，已婚妇女要用铁浆染黑牙齿。本书写作于明治前期，世风尚未完全开化，百姓之中多少还保留着以往的习俗。

◀2 日结工：即日薪劳动者，打短工的人。

怀里孕育出的孩子，此刻正攥着两颗桃子在屋里玩闹，逗得众人开怀大笑。最后，孩子趴在卖糖老汉肩头，愉快地学着各种戏法。

其间，又有几人归来，旅店老板娘也来铺床了，大家纷纷起身帮忙。我本以为睡觉时，每人只能分到一张榻榻米的面积，觉得这点地方太拥挤，实际一看，仅仅一顶蚊帐里就睡了十多个人，简直难以忍受。闷热的空气里混杂着苦力们的体味，让人难以呼吸，此外还有钻进蚊帐的跳蚤与蚊子大军从四面袭来。事已至此，我仍然祈祷那个扪虱的糖果商与我保持距离，真是命苦啊！不知不觉，我也被传染似的感觉膝盖周围发痒，伸指一摸，竟有个飞来飞去的小虫。它饱食污垢与人血，肥得像颗麦粒，我却因过度吃惊而未能捏死它。

啊，这不是真的吧，不是真的吧！为了进入这个黑暗的世界，我特意花了数日忍饥受饿、露宿野外，连更堕落的事也做过。本以为终于能与穷人们正面相接不露怯色，谁知却被真实的世界吓到战栗，连一只小虫也收拾不了，真是太窝囊了！以为自己准备妥当，足以照料麻风病乞丐，谁知现实如此困难，一个扪虱老翁都令我萌生退意。

三　天然床铺与柴钱旅店

　　蚊蚤大军的袭击，实在是个平凡的形容，实际上语言根本无法描述那些蚊子的吵闹、跳蚤虱子带来的煎熬。我一整晚都揉着惺忪的睡眼，捶打脖颈，搔挠腋下，一会儿揉背心，一会儿抓脚底，翻来覆去，时坐时卧，甚至要站起来挥衣驱赶。搞得自己神智涣散、思绪朦胧、不快至极，最终还是想睡而不得，辗转反侧熬到天明，这就是混合旅馆的实情。

　　早起想洗把脸，却找不到完好的铜盆，只好拿着生锈的铁盆，提了桶温热的脏水到厕所旁洗漱。但水太脏了，我实在下不去口。直到老板打开大门，我才大口呼吸到新鲜空气，东奔西跑地找到一口水井，在那里打水洗漱。

　　作为贫民窟的探险者，我真是太没出息了。见到怪人就大感惊奇，待在扪虱的卖糖翁身边就害怕，如此胆小之辈，还怎么去照顾麻风病乞丐？仅此一晚的经历，就让我对柴钱旅店心生畏惧，无端思念起露宿天地间那柔软的草床，想来也不难理解。话虽如此，为何那些本事通天、身强力壮的日结工人、土木工人宁肯省吃俭用，也要每晚花三钱来住这柴钱旅店呢？

因为对他们而言，就算旅店床铺里有无数跳蚤、虱子、蚊子，被窝又臭又热、闷得厉害，也好过在外露宿时那柔软、凉爽、宽敞的天然床铺。若一千个夜晚里只有一晚睡在草丛里，的确可以享受难得的夜空，以此为风流韵事。但这样的床铺无法持续使用，虽然草地像柔软的绿毯，但终究会被露水沾湿。睡在柴钱旅店忍受各种体味的熏蒸，虽然也是一种受难，但至少可以忍耐；而在半夜三更醒来，发现自己置身于寂寞天地间，头顶只有繁星为伴，长久下去终会疯魔；此外，被蚊子、跳蚤大军袭击固然难受，但深夜睡在野外更可能遭受蛇、蛙、蛤蟆等袭击，想想都感到恶寒。二者相较，旅店的条件也就算不上严苛了。

如此深思一番，过去曾被我视为闲适之最的古圣西行[1]留下的名歌——"独宿孤山背，若问友为谁[2]"、芭蕉[3]咏明月那句"十五明月夜，吟句绕池，不由彻夜[4]"，虽乃古今之名句，千古之绝诵，受到世人推崇，却也藏着未说出的困顿。思及暴风雨后眺望拂晓之月的行旅僧，总是会生出芒鞋竹杖、烟雨

西行像

◀1 西行：平安末期到镰仓初期的歌僧。

◀2 出自西行的和歌"独宿孤山背，若问友为谁，狂风与暴雨，皎皎冬夜月。"（ひとり住む片山かげの友なれやあらしに晴れるる冬の夜の月）。此外作者将"片山陰"误作"片山里"。

◀3 芭蕉：即松尾芭蕉，江户前期的俳人，对俳谐的发展与革新有重要影响。

◀4 原句为："名月や池をめぐりて夜もすがら"。

芭蕉之像

七編

松尾芭蕉像

平生的梦想。而此番再想，却意识到我这样的凡夫俗子，既忍受不了独居孤山的饥饿，也参不透吟诗作赋的神髓。

就算绕池吟咏，望见皎洁的明月，内心也在为居无定所而发愁，又怎能专心欣赏美景呢。西行若是连日露宿在外，大概也会渴求柴钱旅店；芭蕉若是连日伫立月下，大概也能接受满是蚊蚤的床铺。

啊，柴钱旅店啊，柴钱旅店！柴钱旅店其实是那些单身的日结工人、土木工人及散工们做了三天三夜的西行、芭蕉之后，最终寻得的安眠之所。跳蚤、虱子本不令人讨厌，苦热与恶臭也都可以忍耐，就算像动物那样挤在一人一席的杂居屋，五六顶破蚊帐里塞了十多个人，对他们而言，也是难得的惬意。

在这里，他们舒展身体、恢复精力，次日继续劳作，由此健康地活到百年，哪怕破棉被也堪比锦绣被褥，圆木枕头也能催生黄粱之梦。

四 住所及家具

在简单比较了露宿野外与柴钱旅店的优劣之后，我离开了那个混合居所。经过多番思虑，试图找到最适合我住的地方，但毕竟对这里不算熟悉，想不出什么妙计。眼下，我应该先看看这里大致有什么职业，于是满怀期待地把贫民窟里里外外、上上下下都查看了个遍，发现了大量精巧的美术品。我从没在任何博览会、劝业会或工厂见过这样奇妙的、令人惊讶的手工艺品。

诸君请勿笑话，生活实在神圣，贫穷也实乃庄重之事。若是就人类生活的本质而言，鹿鸣馆[1]的假面舞会与贫民社会的庖厨之争并无轻重之分。你可

东京往事

1 鹿鸣馆：1883 年修建于东京幸町的二层西洋建筑，是当时著名的社交场所。1940 年拆毁。

以尽情嘲笑假面舞会，却不能以同样的态度残忍对待贫民的庖厨。啊，穷人的家究竟是何模样，他们的日常器具、衣服、食物是何模样，他们又过着怎样的生活？

读者诸君可以想想，从古至今，有人画过他们的家、他们的饮食器具吗，有人在书里记载过吗？世上有那么多博览会、美术展、共进会，但至今无人描绘他们的家、他们的用具。世上有那么多画工名匠，画过那么多美人弹琴、华族宴会、花鸟山水之图，却无人描绘穷人的家具什器。世上有那么多文人作家，写过才子入浴、佳人结婚，甚至夸张地记录过楠某[1]的忠战之事，却至今无人记录穷人的生活实况。既然博览会、共进会上看不到，画师不画，小说家不写，画与书上都没有，那它就是特别的事物，亦能带来前所未闻的新奇。我着实被这些贫家之物震惊，感到耳目一新。

---

1 楠某：指楠木正成。日本南北朝时期的武将，河内国的土豪。响应后醍醐天皇在河内赤坂城举兵，为建立建武政权贡献较大。

武士楠木正成

他们的住所其实是以九尺木板围成的空间，周围有肉眼可见的破洞，地板很矮，仅有的几根柱子勉强支撑着房顶，将切边后的榻榻米四角包上稻草，全家人便挤在上面生活。有人用绳子挂着佛龛，有人把旧衣箱打扫干净安置神像，以此祭拜祖先神佛，延续祭祀传统。此外，最令人震惊的是那些被视为家财的什器，炉灶坍塌似癞头，锅沿缺口似烂瓦，食案没有边缘，碗上的漆色悉数剥落，残破的研钵同时用作火盆，裂缝的罐子拿纸片粘好继续用。他们日常所用的伞，不过是把各种布头拼凑起来覆在伞骨上而成。他们脚上穿的鞋，不过是把绳子、布片、竹皮与木片绑在一起，勉强行走而已。他们的寝具、睡床同样彰显出生活的窘迫，用包袱皮、旧手巾或蝙蝠伞面勉强拢住一团棉絮，就成了睡觉的棉被。

贫民的家什　用绳子穿起木片当鞋穿（作者手绘）

这就是他们使用的家具什器。世人见此情形，大概会忍不住发笑，笑他们物品短缺，或笑他们甘心过这样戏剧性的生活。可他们并不是自己选择了这种戏剧性的生活，而是逼不得已落到这步田地，被迫展现出戏剧般的状态。不知不觉，他们就活成了这副"欠缺"的模样。既已生活在欠缺之中，又当如何苦心经营去填补那些欠缺呢？用绳子穿起木片当鞋，就是他们为填补欠缺所做的努力；用纸片粘住裂缝的土罐煮东西，就是他们为填补欠缺而想出的计策。人们常说，面对米开朗琪罗或甚五郎左匠[1]精心制作的雕塑而不为所动，就是不懂美术。那面对穷人残缺的用具却无法从中领会其用心，只是冷笑着出言嘲讽，就可谓残忍。那些丑陋笨拙的用具——譬如剥下伞面做成的被套等，皆是出于生活所迫，他们为此所付出的心血与精力绝不输给过去的名匠大家。

---

1 甚五郎左匠：即左甚五郎。江户初期传说中的雕刻工匠。在讲谈、浪曲、落语等民间文学中十分有名。

如上所述，他们过着万事欠缺的生活。金钱虽然流通于社会，却鲜少出现在他们身边。就算眼前堆满美物巧器，任君挑选，对他们来说却是镜花水月，无法获取，亦被剥夺了使用权。因此，他们虽住在物欲横流的大都市中心，却仍如置身无人的旷野。听闻福岛中佐在西伯利亚买过一双毛皮靴，因为外形不好看且粗制滥造，就开玩笑说，穿着这双鞋漫步东京，立刻会成为路人的笑柄。然而，对那些跋涉于蒙古原野、没有食物也无援助的人来说，这双鞋是必备之物，正是有了它，中佐才能走完一万公里的长途。因此对他而言，这双鞋乃稀世珍宝，值得好好收藏。照此看来，穷人家中那些裂开的土罐、破掉的研钵，同样适用于荒漠中的旅人，有了它们，就能喝汤啜粥。对他们而言，欠缺之物亦是贵重的器物、难得的家财，绝不该遭到嘲笑。

顺便一提，我也是来到贫民窟才发现，器具对手头没钱的人有多重要。他们会从火灾现场捡回烧坏的铁皮或生锈的铁块，借以修补房顶的漏缝；捡回无盖的一升桶，代替洗手盆；收集瓦砾，砌成手工炉灶；剪开包有天竺棉的进口布袋，做成坐垫或包在寝具外面。这幅景象，看上去确实惨淡。

而他们真正为做生意而制作的物品，要数残疾人出门乞讨时坐的膝行推车最为典型。推车边缘钉着沟板似的条块，底部铺有竹片，前后插有轴棍，轴上装有穿孔的松木圆片作车轮。车上的人用竿子推地，就能带动车轮滚动向前。其实这很像德国鲁滨孙[1]式的发明创造，对要"穿越沙漠"的他们而言，是不可或缺的工具。而且很显然，制作这类器具要比制造漆黑的人力车、精巧的进口自行车多花数十倍的工夫。

---

[1] 疑为"英国鲁滨孙"之误。指英国作家笛福《鲁滨孙历险记》中，鲁滨孙为了求生而制作的各种物品。

五　贫民区的谋生方式

《贫民窟探险记》[1] 里说，穿过一条条后巷，从一窟进入另一窟，偶尔会走进一条死路，只能调转方向。这里的"死路"往往就是避无可避的公厕。

事实上，这个贫民窟正如前文所说，像一辆辆面朝荒野摆放的蒸汽火车，没有表里之分，也没有专门给人走的路。家家户户搭建的房屋连缀成"卍"字或"巴"字形，紧密中留有空隙。在道路中央修建公厕，说不上有何隐衷，却给周边住户带来很大困扰。人们在家中眺望此处，恰好能闻到南来的熏风，恶臭滚滚，日月亦为之失色。可就连这样的公厕，也是忙于涨租的地主大发慈悲修建的。

---

1 全名为《贫天地饥寒窟探险记》，大我居士著，出版于1893年。这是日本最早的贫民窟纪实报道。本书作者亦受其影响。

贫民窟

修在家门口的厕所（大小便之地）（作者手绘）

铁工厂男工

　　出于无奈，贫民窟的居民都深切体会着这份恩义。话说回来，看了贫民窟居民的谋生之道，我发现运输工人、日结工人、土木工人占大多数。此外，这里有收集各种废旧物品进行修缮的手艺人，诸如废品屋、罗宇屋、焊补匠、修伞匠、箆匠、铁匠、漆匠、补陶匠、滤纸匠等；有奔走于庙会日的江湖艺人，诸如说唱祭文[1]的、街头说书的、操控偶人

1 祭文：江户时期的一种俗谣，是经过演绎的祭文，也是浪花调的源头。最初是由山中修行者挥动锡杖、吹着法螺讲述神佛显灵的故事，后来演变为以三味线伴奏，讲述近来市井中的传闻。

的、拉洋片儿的，还有些戏班专门豢养儿童艺人，令其表演舞狮赚钱；有日息高利贷商人、出租店老板、庙会小摊贩、卜卦师、针灸按摩师、巫医、替人写招牌的；有各种云游修行者，诸如千寺僧[1]、游方僧、巡礼者等；有宫物师[2]、暖帘师[3]之流的晚商[4]和卖瓜卖茄的小蔬菜商、卖咸鲑鱼干的小鱼贩以及卖柴禾、小道具等杂货的烤红薯摊，吸引小孩们买煎饼的零食批发店；还有专在夜晚兜售货物的行商和卖旧木屐的、缝补旧衣服的各种兼职业者，诸如做火柴盒的、削牙签的、做木屐带的、给印刷石版上色的、做足袋的、卷烟草的、做团扇扇骨的、给金属抛光的、挑选废纸的。诸如此类谋生行业数量太多，终究难以穷举。

　　以上数十种谋生之业中，按兴趣就业的不在少数。但不管怎样，在这种地方工作生活的人，每天最多能赚二三十钱，最少则只有五六钱，连招待一

1 千寺僧：在全国各地的寺庙参拜、祈愿的僧人。

2 宫物师：偷盗神社寺庙物品的人。本书中也指贩卖廉价水产的商贩。

3 暖帘师：卖假货、次品的商人。

4 晚商：不正经做生意，靠邪门歪道挣钱的商人。

个新客吃饭的余钱都没有。倒是那些建筑短工、捣米工人或杂技演员、杂耍艺人聚集的地方，不仅人多，也能靠健全的劳动力安身立命。

虽然我想立刻加入他们，成为那里的食客，但这个贫民窟并没有成熟的中介组织，不如先去其他贫民窟研究一番。因此，我决定暂时离开这里，把此地作为最后的探险，留待以后。

六　日结工中介

我离开下谷，来到浅草，在阿部川町的一家土木中介提交了申请，然而此处人员已满，谢绝了我的加入。我又到花川户的一家土木中介找工头，此处也以人数充足为由拒绝了我。离开此地，我又去马道六丁目拜访这一带有名的头目，混在一群杂技演员、江湖艺人之中，说自己想找份工作，但还是没成功。不过，我从同伴们的争论中得知了两三件事，内心便又燃起热意，犹如英文初学者边查词典、边读《代议制民主论》。我想毫不犹豫地投身于这黑暗的怪窟，对其进行充分研究。

然而未曾料想，这附近就是东京第一，或者该说是日本第一的黑暗怪窟[1]旧址。士人君子皆恐道出其名，那是旧世界的遗迹，是世上一切恶念的结晶，是被牺牲的生活、魔物的标本，是诱惑之神与肉欲的奴隶暗自斗争、活动的混乱洞窟，是把整个东京、整个国家乃至整个世界的秘密集中引爆的大战场。诱惑之神与恶魔之流在此大显身手，发挥了高超的伎

吉原各楼之图

▶1 或指吉原游郭。

俩。既如此，不如就踏入这座怪窟深处，去看看锦缎背面的脏污。这一来，我就能看清世人性情的怪癖、扭曲、痛痒之处，也能看到人类生活最为错综复杂的侧面。或许只是喝茶闲谈、吃饭抽烟的工夫，就有美人妆容剥落、露出狂态；静坐不动之间，便能洞悉世间百态的秘密。

如此机要的洞窟距我仅有数尺，叫人心生向往。我激动不已，立刻决定抛弃所有计划，一头扎进魔窟之中。然而，命运的缰绳制止了奋勇的马驹。仔细一想，我尚不能事人，又如何能事鬼神；尚未探明单纯的贫民窟，又哪来的能力探索那错综复杂的魔窟？思及此，我只好放弃这个打算，转身离开此地。

前往饥寒之窟吧，去那个满目疮痍的世界。我从浅草返回下谷，又自上野山崎町出发，徘徊于根津宫下町、小石川柳町、传通院背后、牛込赤城下和市谷长延寺谷町等地——它们都是大都市周边的小贫民窟。最终，我来到山手最有名的饥寒之窟——四谷鲛桥。

进入鲛桥后，我拜访了曾有耳闻的一位头目，清水屋弥兵卫。弥兵卫出身于农村，做过土木工程，为人慷慨又讲仁义，故而广受贫民信赖，在贫民窟内颇有威望。虽然我们素未谋面，他却为我这个劳动者出谋划策，把他从实践中总结出来的金玉良言传授给我，说"游手好闲没饭吃""壮汉不该惜力"。在他的斡旋下，我终于在附近一家剩饭屋找到了工作。

啊，剩饭屋，要问剩饭究竟是什么，其实就是大厨房剩下的东西。诸君觉得用什么词形容贫民最合适呢，饥寒、褴褛、废屋或苍凉？但我觉得，用剩饭或剩菜两个词形容最为合宜，也最为痛快。此刻，处理剩饭剩菜的剩饭屋就在我眼前，由不得我想或不想，只好迅速前往。

剩饭屋的房子（作者手绘）

初次映入眼帘的贫民窟剩饭屋，是个西边入口有些凹陷的房子，颇为宽阔的屋外空地上铺着五六张草席，腐烂的剩饭像酒曲一样摊在阳光下暴晒，这些都是卖剩下的，大概要做成干粮卖给贫民们应付饥荒。这座屋子倾斜得厉害，几欲倒塌，全靠一根木棍苦苦支撑，简直算得上危房。屋檐又破又旧，屋顶长满苔藓，房檐老朽，时而落下土块，砸在出入房门者的衣襟上。屋里布置得像农民的家，院子比起居室大，几乎占了整块地的三分之二，院里摆着许多簸箕、广口浅底木盆、酱油桶、大壶、粗瓶以及各种能装剩菜剩饭的器具，看着都不太干净，放得也乱七八糟。但在我看来，这脏兮兮的废屋实际就是一座无与伦比的、展现我国贫民生活方方面面的大博物馆。

顺带一提，我在素未谋面的弥兵卫的帮助下，成了靠劳动力谋生之人。他的妻子是个质朴的农家女人，在领我去剩饭屋的路上对我说："不管是什么样的工作，忍耐个两三天就会好起来。"她向雇主介绍我时，宛如在介绍自家小辈，说："他毕竟是新手，拜托多照顾了。"两三天后，她还问我："是不是很辛苦，如果干不下去，我可以找人替你。"她的亲切总是给我慰藉，也反映出她内心的仁慈。

七 剩饭屋

在弥兵卫的斡旋下，我从这天起就成了剩饭屋的帮佣。每天早上八点、中午十二点半和晚上八点，我都要和搭档一同推着板车，带着直径一尺多的大漏勺[1]、挑水桶、木盆、酱油桶等，钻进士官学校的后门，拿走他们三餐剩下的食物。我肩不能扛、手不能提，从前养尊处优，拿过最重的东西就是筷子，如今从事这种耗费体力的工作，发觉劳动着实辛苦不易，即使使出全力，我仍屡屡在劳动时呼吸不畅，犯下幼稚的错误，惹得老板不高兴。但我把这视为贫穷大学的前期课程，竭力忍耐，没多久就掌握了呼吸的窍门，到后来，附近的怪人们见了我都要尊

---

1 日文写作"鉄砲笊"，一种圆筒形的漏勺，多见于拉面店等。

称一声"班头"。

却说,这些剩饭与穷人颇有渊源,他们称其为"士兵饭",旧时指镇台营所[1]的剩饭,我们店里卖的剩饭就来自那间士官学校,收购价为每筐五十钱(每筐剩饭约有十五贯[2]),卖出时一贯约为五六钱。附带的剩菜算额外收获,不用单独付钱。这所学校的学生加教官共有一千多人,大厨房要做这么多人份的食物,剩菜总是很多,有时能装满三到五六个大漏勺。汤菜也差不多,从腌萝卜片到剩面包乃至鱼骨、焦饭等,收来的剩饭剩菜把各种容器装得满满的。要是全部打包,能有一个小队的辎重,这早晚三次的搬运,实在辛苦我们这些搬运者。

购买这些剩饭剩菜的,都是住在贫民窟里的穷人,他们把剩饭剩菜看得跟鱼翅、熊掌一样宝贝,每当我们推车经过,都有人像膜拜天子步辇似的目送我们。男女老少人人拿着趁手的容器,有的站在

1 镇台营所:驻扎在当地的军营。
2 贯:1 贯约为 3.75kg。

道路两旁等待，有的凑在一处低声聊天，诸如"刚刚下工""今天要多吃点""好想快些买到"等，还有的跟在推车后边走边聊。他们手里的食器有饭筐、圆桶、套盒、饭桶、小桶，还有大碗、分层食盒等。店前已经挤满黑压压的人群，大家一见推车就齐声欢呼，宛如夹道欢迎福岛中佐。人群瞬间让开一条道，等我们走过，他们就争先恐后地伸出饭筐、食盒等，大喊"给我二钱""给我三钱""给我装一贯""给我五百钱"……有人从别人身后递出圆筒，有人从别人腋下抛出钱币。

此情此景恰如大根河岸[1]、鱼河岸[2]的早市，现场之混乱则更添奇异。店员用手抓取剩菜、腌渍品、红烧菜、腌萝卜等，从桶中倒出浑浊的汁液。剩饭以杆秤称取，如果人太多，店员嫌麻烦，就靠目测和手感直接装。

剩菜与剩饭原本是用来施舍之物，剩饭屋拿来

七 剩饭屋

---

1 大根河岸：东京当时有名的市场，主卖蔬菜。
2 鱼河岸：也是东京当时有名的市场，主卖水产。今为筑地市场。

贩卖，就使其成为一种商品，还渐渐有了"虎皮""土灶""洗饭"和"蒂片"等绰号，真是可笑至极。蒂片是腌渍品的异名，指腌菜、腌萝卜或腌黄瓜、腌茄子等带蒂的部分，亦即头尾部的切片。洗饭是洗锅底时冲下来的馊饭。土灶是指面包片，把中间部分挖去，就像一座灶台，由此而得名。那虎皮又是什么呢，这是贫民窟怪人们的调侃，其实就是焦饭。用大锅煮饭时，多少都会烧焦一点，附在锅底那层焦饭宛如一张斑驳的虎皮，由此而得名。无论虎皮还是土灶，即便是剩饭，也是贫民窟的高级商品，更是怪人们争相求购之物。

贫民在剩饭屋买饭（作者手绘）

世上有爨桂炊玉[1] 的奢侈富豪，事实上，做这种事的不是富豪，反倒是贫民，尤其那些饥寒交迫的贫民，才是真正的爨桂炊玉之人。试想，对贫民而言，日常使用的价值一两的炭、柴、腌菜，是多么高价的物品啊，每次只能买五合、七合大米或粗麦，又是多么寒碜呀！那些掌管十几二十人饮食的大厨房，日常买米买柴都能拿到便宜价格，哪怕如玉如桂的珍贵食材，平均下来也跟柴炭价格差不多。与之相反，贫民哪怕每天只在厨房食材上花费一钱，寻常的柴炭也等同于昂贵的珠玉。对没几个钱的贫民来说，怎么可能浪费堪比珠玉的价格来维持生活呢。因此，剩菜剩饭为他们节约了厨房所需的一钱，是拯救他们于悲境的慈悲之神。一个五口之家只要花十四五钱，就能买到两贯剩饭、二钱剩菜、一钱腌菜，足够吃上一天。如果非要用一钱准备食材，他们每天就要花掉三十钱。

1 爨桂炊玉：烧柴难如烧桂树，米价贵如珠玉，形容物价昂贵。此处用作字面意思。

由此可见，剩饭屋的繁荣，乃是最底层百姓日常生活的一个代表性画面。

八　贫民与食物

越后屋[1]或大丸屋[2]的煮饭工只要在烧柴时稍加注意，就能节省许多柴禾。在以越后传吉[3]为主人公的小说里，越后传吉家中遭祸，长年在城里一家大店铺的厨房当煮饭工，他干活勤劳又卖力，所以干得长久。他煮饭时知道节约柴禾、切腌菜时懂得把握分寸，连用剩的砂糖、鲣鱼干、酱油底儿、味噌渣和烧焦的饭块都物尽其用。三年下来，他为店里减少了开支，且数量可观，令人惊奇。后来，他的事迹广为传播，成了戏剧和讲义的经典桥段。

事实上，他的所作所为并没有多么特别。栖居于大都会底层的人们都相当重视庖厨之事，做饭总

---

1 越后屋是江户时代三井家族经营的绸缎庄，今"三越百货"的前身。
2 大丸屋是发源于关西的吴服店，后在江户（即东京）设立店面，是大丸松阪屋百货店的前身。
3 越后传吉：民间曲艺讲谈、歌舞伎中出现的人物。

是小心翼翼，在节约一事上所费的技巧绝不输给越后传吉。但传吉生长于节俭朴素的环境，却进入一家高端奢侈的店铺工作，两种极端环境造成的习惯相互斗争，倒不失为故事的看点。

很多事都是因为结局发展过于极端而令人印象深刻。我的遭遇十分平凡，所遇之事也跟越后传吉类似。进入剩饭屋工作之前，我从没想过焦饭、鱼骨也有价值，吃剩的腌菜总是直接丢掉，直到看了这些特殊人群的生活，才明白食物有多贵重，在忍饥受饿的人眼里，连面包屑和烂葱叶也是难得的食物。

贫民因剩饭而欢喜，连带搬运剩饭的我也受到热烈欢迎。我总是惦记着报答他们的欢迎，于是想尽一切手段周旋于厨房之间，尽可能多地搜集剩饭剩菜，搬回来分给他们。有过悲哀之时，比如某天早上，我去士官学校的厨房，可惜什么吃的都没找到。也有过高兴之日，比如某天晚上，我在那里收集到的新鲜剩饭剩菜加起来装满了三辆推车竟还有剩余。我把这种收获丰富的情形称为"丰年"，把食物匮乏的情形称为"饥馑"，并用这种方式提前把当日的收获状况，告诉那些等待食物的人。

一天早上——当时我已经连续三天没能运回一丁点剩饭了，情况十分凄惨，大家都在挨饿。我找遍厨房，仍是毫无所获，只能失望地待在原地，想象待会儿贫民们唉声叹气的模样。但我不能空手而归，哪怕只有一丁点儿食物，也要尽力去争取。于是，我恳求厨房管事："希望工头阁下大发慈悲，救救那些饥饿的贫民，哪怕只有一点儿面包屑也好。"他说："你如果真想要，那边还有些喂猪的馅壳和拿来当肥料的土豆渣，本来是要给收垃圾的人的，你可以拿走。"我过去一看，那里有因腐坏而发酸的薯粉制馅料，还有洗锅时剔下的饭，喝剩的味噌汤渣。就算这些东西不是给人吃的，但对饿了好几天的饥民而言，也是一顿大餐了。于是，我小心翼翼地把那些东西都搬走了。

就这样，我在回去的路上，受到了饥饿百姓的热烈欢迎。当我提前说出"饥馑"两个字时，他们脸上的表情失望无比，直到有人瞧见推车上的东西，大喊："喂，车上好多吃的啊！"店主也循声投来好奇的目光。有人开始催促："有饭就赶紧拿出来吧！我们只要菜也行。"于是，我将车上的东西一一摆了出来。这些人都饿了三天，此刻争先恐后地想看看眼前这丰年才有的美食是不是真的。当我用"金团"称呼腐坏的馅壳时，店主还以为是什么高价的珍味，特意跑来问我，但最后，那东西一碗只卖了五厘。

此外，味噌渣也大受欢迎，馊饭简直供不应求。

啊，这些奇事真是值得大书一笔。我打心眼里开始觉得，卖剩饭也是在救人性命。由此，我也成了个小小的慈善家。不过，我也卖过坏掉的剩饭、馊掉的味噌，换句话说，我把喂猪的食物和施肥的东西拿来卖了钱，这实在不应该。

如果你睁大眼睛观察世界，就会发现那些奏乐疾呼"救助贫民"的人、大肆宣扬慈善的高官，以及总是把道德挂在嘴边做慈善的人，未必真的拥有道德与慈善。

贫富之差

九　贫民俱乐部

与文学者结交，听到的都是文坛之事；与政治家结交，听到的都是政坛之事；与贫民结交，听到的则是贫民之事。每个人都会不知疲倦地与他人分享社会的秘密，正如世上有各种文学俱乐部、政党俱乐部，还有某某集会所、某某聚会等，供社会人士谈论成功与失败的经验，顺带分享些奇谈逸话，类似报纸杂志上常见的小道消息。同样的，贫民聚集地自然也有各种关于贫民的秘事，它们每日如潮水般涌来，几乎能填满整版社会新闻。我工作的剩饭屋，就是这些贫民的社交俱乐部，身为帮佣的我，自然就成了记录这些事迹的书记员。

这个贫民俱乐部的成员很多，好不热闹。他们携手来购买剩饭，人人手里都拿着圆筒、饭筐或小桶、漏勺等食器，等待购饭期间，或是蹲在俱乐部的院子里，或是坐或是站地凑在一块儿聊天。

其谈话内容极为丰富，试录两三则如下。

运动会的余荫——过去，一所法律学校曾在青山

青山练兵场之图

的练兵场举办春季运动会，厨房为每位师生准备了一盒便当，但很多学生没吃，一千二百人份的便当最后剩了三四百份。学校干事见状，迅速招来附近看热闹的穷小孩，说要把剩下的便当送给他，让他多叫些同伴来。穷孩子四处奔走，分享这个好消息，说学校正在举行葬礼，大家不去看看吗？于是，眨眼间就有上百人集结过来，接受了这次馈赠，场面盛况空前，连只会爬的小孩儿都分到了食物，五口之家也存够了一整天的粮食。现场变成近些年少见的施食会，人们高兴地享受着这份质朴的款待。其他贫民窟的人听到消息也很快跑来，发现练兵场中央堆着小山似的便当空盒，急忙过去挑拣剩饭带回家中，这也不失为一种所得。最后有五六个不知从哪儿得到消息跑来的乞丐，则是站在旁边把剩下的东西都吃光了。到头来，便当被吃得一干二净，连喂蚂蚁的残渣都没剩下。大家纷纷感叹，一所学校的运动会都能发生这种事情，若是在战争时期，该有多感人啊！

　　施米——某位领导要给市内贫民施舍五十石玄米[1]，呼吁贫困人士到高轮泉岳寺领取，但每人限领五合米[2]。此事连同时间及负责人姓名都写在各条路口的标牌上。每人能领五合米，得知消息的人还不快去领受这份恩赐吗？五合米，至少能满足一家三口一天的食量，既然能解一时之急，哪怕泉岳寺路途遥远，也有许多人争相前往。可到了那儿才知道，当天只是领取兑票，次日才正式发米。啊，这位施主真是太不了解"贫民"了！贫民绝对没办法忍到次日，有那闲工夫的根本就不会是贫民。

所谓贫民，就是日子过得又苦又忙碌，连今时今日也觉难熬。若要救助贫民，必须知道，最能救急的恰是直接能用之物。换句话说，食物比衣物好，米饭比大米好，贫民从施主手里接过的以立刻就能吃的最好。这一来，接受施舍的人也会心甘情愿地跋涉两三里路程，不辞辛苦地赶往施舍之地，以求解决当日的生计。可惜这位施主偏要弄出个兑票，让大家第二天再来领米，真是不懂涸辙之鱼的苦难，也让难得的救济成了无益之举。票据、兑票作为物品兑换券，已被社会中的有闲阶级所接受，而今日

◀1 玄米：指仅打谷脱壳、未经过精加工的糙米，在日本通常名为玄米。

◀2 五合米：日本料理中的独特计数方法，煮饭时，一合为180毫升。

被施主用在救济米上，实在是把贫民都当成了闲散人士啊！说话者如此感叹道，我亦深有同感。

过去，救济米又叫"御救米"，一袋袋地堆在院子里，凡有贫困者前来乞讨，施主必须无差别地提供，直到米袋全部空掉。于是，有些狡猾的贫民会改变装束后反复领取。施米者或是担心出现这种情况，致使其他人利益受损，领不到自己的那合，才想出了领兑票这种主意吧！

但要当施主，就得伫立于万民之上，拥有开阔的心胸。哪怕有狡猾的贫民多领三五人份，也不能因此吃惊。贫民哪怕是为了活下去，也不会干出一人独占几人份的卑鄙之事。他必定是生活圈里的头号劳动者，得到左邻右舍一致推崇，多领的分量带回家就会立刻分发给邻人，让大家都能充饥。这几乎算得上共产主义的行为了。施主对此一无所知，却增设规则限制领取，不知他们对贫民的生活组织又会有何见解。

以上事例如同新闻小报里的故事，我不过是把俱乐部里的谈话记录下来。此外，还有件事让我惊奇不已。过去，我在○○义塾[1]念书时，和尚的子女[2]间一度流行"抵制伙食"[3]，我也曾加入其中作乱。我们在宽阔的食堂里发动"起义"，拿起东西乱扔，搞得饭桶、盘子、食案、茶碗乱飞，室内一片狼藉，那场景让我难以忘怀。没想到数年后，我却在贫民俱乐部里听说，当时被我们乱丢的食物最后都施舍给了贫民，实在是出人意料。

聚集贫民，施舍稻谷（作者手绘）

◀1 义塾：私立学校，日本著名的私立大学庆应义塾大学便创立于明治维新时期。

◀2 日本的和尚可以吃肉、结婚。

◀3 抵制伙食：寄宿学校或出租屋的学生因对菜单不满而团结起来，破坏厨房的炊具器物等，引起骚乱。

另外，俱乐部里的老人们还清楚记得剩饭发展的历史，他们的讲述常被用作贫民丛话的旁证。话说二十年前，东京设立之初，也就是镇台[1]宅邸刚修建之时，具有"江户气质"[2]的贫民并不接受"士兵饭"，厨房管事为此大伤脑筋，甚至要特地坐船去品川的海里[3]抛掷剩饭。而如今这些剩饭，即便用钱也很难买到，可见世道之难行。又或是因为狡猾的商人出入厨房收购剩饭残渣，与吝啬的厨房管事串通一气、共同牟利，导致穷人吃饭的价格日日攀升。若是没有商人从中作梗，那些剩饭剩菜说不定不会再倒入海里，而是免费送给穷人。可如今商人已然插足其间，通其有无，虽然无须再担心暴殄天物，却也导致贫民总是挨饿。啊，经济的原理真可怕！它无翅却能飞，无脚却能四处探查，最终潜入这黑暗的世界，周旋于乞丐与剩饭之间。

以上，都是我在贫民俱乐部的种种见闻。如果

1 镇台：明治初年派驻日本各地的军队，1871 年设置在东京、大阪、镇西（小仓）、东北（石卷），1873 年设立在东京、仙台、名古屋、大阪、广岛、熊本六地，1888 年改称为师团。
2 江户气质：日本将家中连续三代生在江户的称为江户儿，江户儿的典型形象为：出手阔绰、华丽怪异、轻浮浪荡、潇洒不羁等。
3 即东京湾。

我们这里也有丹东、马拉[1]似的人物，在未来某天计划创办一份《贫民新闻》，我大概可以担任总编辑，为大家收集这类材料。可笑。就这样，我在剩饭屋留驻数日，半是扮演贫民俱乐部的书记员，负责编纂他们的生活报告；半是扮演煮饭工越后传吉，负责分配烧焦的饭、放久的腌菜，为大家提供饭菜。于是，在太平盛世一无是处的我摇身一变，成了不可或缺的有用之材，被尊为一家之管事者。但我驾驶的不过是艘探险船，若在同一港口长久停留，就无法看到更广袤的世界，所以差不多也该起锚了。

我揣着这周获得的二十五钱工资和别人赠送的一双木屐，准备再次扬帆出航。之前给劳动者提供住宿的弥兵卫家，就是我停靠的埠头，为了校正航行所需的罗盘，我在这里短暂休息了一阵。

此处住着大量劳动者，可谓打工人聚集的旧金山港口。他们身强力壮，大都来自越中、越后、加

---

1 丹东、马拉：二者都是法国大革命的领导者。

贺、越前等北陆地区，怀着到加州矿坑淘金般的热情，梦想在永田町的官邸当住家马夫，或是进入妓馆、餐厅、吴服店[1]、酒水批发店当煮饭工，又或去澡堂挑水、到荞麦屋送外卖，哪怕捣米、酿酒也行。他们满怀希望地谈论，无论何种职业，东京的薪酬应该都比其他县要高，指望赚到很多钱。也有一部分人沮丧不已，如同开凿巴拿马运河到一半却惨遭截停，他们离家三年，拼命劳动，赚的钱都打了水漂，如今身无分文，满心只有后悔。

有人觉得东京不是挣钱的好地方，不如到北海道闯一闯，不料却在札幌遇到大火，所有财产都被烧光，只好四处漂泊，又回到这个大都市混饭吃。还有人继承越后传吉的衣钵，果真跑去吴服店工作三年，又去酒屋干了七年，吃苦耐劳不怕累，如江户男儿般效忠于主人，终于存下一笔钱，每年往老家寄回三十两。他们几乎都目不识丁，性格也纯朴至

---

1 吴服店：指经营制作和服所用的丝织面料之店。

数寄屋町妓院

浪花百景 松屋呉服店

极，全无奸诈心思，想给老家亲人写信时，就花两钱或两钱五厘请人代写一封。他们用大包袱把塞满衣服短袜的柳条箱裹得紧紧的，怀里或是揣着善光寺如来开光的护身符，或是揣一张挂历，又或是放一本名为"荒神历"的农事历书，上面用象形文字标出了"彼岸""八十八夜""土用""盂兰盆"和"二百十日"等凶日[1]。他们目标明确，一早算好了在外工作五年到七年能赚多少钱，用这些钱能买多少田地，这样的劳动者，十之八九能得偿所愿。

战争期间，他们或是成为煮饭赈灾的伙计，或是在军队担任运输员，或是在田里帮忙耕作，或是在都市的某个厨房忙碌。无论在什么样的环境里，他们总是奔波于社会底层，且对此早有觉悟。这份平常心真是从容啊！他们除了相信自己的体力，再也没有别的希望，除了应得的劳务费，再也没有更多的欲望。故乡苍翠的群山与丰饶的田野是他们最

九 贫民俱乐部

---

1 凶日：不吉利的日子。

后的乐园，此外，他们也没有更多的奢求。他们一生之中，虽没有小说、传奇般跌宕起伏的经历，日夜的生活却自有一套神圣的规律。他们的血液纯洁无比，啊，若非我身患不治之顽疾（名为学问的顽疾），也会忍不住加入其中。比起成为当世有名的政治家，在社会上层工作，我倒更愿意成为他们这样的人，在社会底层默默耕耘。

滞留此地的数日，我成了他们写信的代笔人，有时也帮他们解读所收信件的内容，并因此获得了过分的尊敬。从旁观察他们的言行，亦让我收获颇丰。那么接下来，我该出航去哪里呢？若想探访有趣之事，就要去各色人等混杂之地；若想环游世界，见识东洋社会的风情，就要去香港、上海、神户、横滨等地。如果把船停靠在新西兰的无名港口、堪察加半岛[1]的寂静海岸，又怎能描摹出形形色色的面孔呢？最后的问题是去游郭还是市场，住廉价旅馆

---

1 堪察加半岛：位于俄罗斯的远东地区，俄语中意为"极远之地"。

还是土木工人的地盘。我开始后悔这阵子没跟艺人伙伴、工匠组织保持联系，但没想到中介之神突然显灵，居然有人聘用我了。我惊讶地询问那是什么地方，得知附近某家蔬菜店最近跑了个采购员，店里工作受到影响，想尽快找人接替。

十 新网町

沿东海道[1]出发，旧江户入口的芝浦海岸附近，有块区域与四谷、下谷两地贫民窟恰巧形成正三角形的三点。此地聚集了五百余座穷人栖居的废屋，简陋污秽至极，可居东京都内六大贫民窟之首。据偶然目睹当地情状之人说，此地居民都觉得这里是日本贫民的麋园[2]。

鲛桥贫民窟的房屋虽是火车车厢似的长屋，但排列得比较整洁。

万年町虽然凋敝混杂之极，但家家户户十分宁静，乍看也不算太破败。而这片区域，连居民都自认是日本第一的垃圾场，聚集了一切不洁之物，这

1 东海道：古代日本律令制下的行政区划，五畿七道之一。从京阪地区到江户（东京）日本桥的陆上官道。全长约542公里。
2 麋园：麋即獐子，一种像鹿而体小的动物，麋园即獐子园。

里乱七八糟、污水横流，光天化日也能看到死老鼠，居民随地大小便，坏掉的鞋子堆成山，路旁到处是馊饭臭鱼。很多屋子甚至没有门窗，只能勉强用破席遮挡，透过破洞能窥见里面的情况，断垣残壁间露出人脸，仿若遭到炮击的野外军营，展示了人们生活的悲惨模样。

这里少有五叠[1]大小的房屋，多数是室内三叠，再加二尺素土地面[2]，窄得只能铺两张布边薄草席。最寒碜的是一家六七口人都生活在一间两坪[3]大小的起居室内，中间以草席作屏风隔开，全家人无论夫妻、兄弟、老妪还是小孩都挤在一起，靠这一丁点儿地方遮风挡雨。

不止如此，他们还没有榻榻米铺地，只能坐卧于硬木板上，格挡用的草席也又旧又脏、到处是洞，露出里面的稻草来。寻遍室内，能称之为家产的只有个旧藤条箱，用绳子和束袖带吊在房顶上，里面

十
新
网
町

1 一叠即一张榻榻米大小的面积，日式传统房屋的起居室地板都会铺榻榻米，人们吃饭睡觉都在其上。

2 素土地面：没铺地板的区域。

3 一坪约为 3.3 平方米。

装着佛龛。

他们家虽有食案和碗筷，但都缺边少角、零零落落，锅釜也大都看不出原本的模样。这里物资短缺得厉害，土罐里虽然煮着汤，破损的边缘却沾了灰，一看就知道平时也被用作火盆。

有人专门收购宰杀牲畜后剩余的内脏，还把舌头、膀胱、肠、肝脏等串起来，在路旁支起锅炉烹煮售卖。

一群小孩闻着味道围过来，一边念着内脏部位的名字，一边探头探脑地望向锅里的美味。这是贫民街特有的饮食店，每串价值两厘。

一个八岁的小女孩背着十个月大的婴孩守在锅边：婴儿尚不能识人，嘴里只能发出咿咿呀呀的叫喊，明明还没长牙，却咬着煮串一边哭一边吮吸，宛如渴求甜美的乳汁。

一群小孩吵嚷着经过厕所旁边，要去埋葬一具猫尸。又一群小孩想疏通淤积的污水，搞得满身脏臭，仿若阴沟里的老鼠。那不洁又怪异的姿态大概是在模仿他们父兄日常从事的劳动，有时通过这些动作，就能看出他们受教育的程度。

这座贫民窟分为南北两半。

河岸以南靠近商业区，贫困程度较轻，有蔬菜店、粗点心屋、文久店[1]、水产店、炭柴店、煮物店[2]和腌菜店，还有卖小鱼的、卖蛤蜊的、卖干咸鱼的、卖足袜的、卖衬裤的、卖内衣的、缝破布的、出租寝具的、卖剩饭的、卖废旧用品的、卜卦针灸的以及替人写信读信的，还有个极为少见的米店，门口放了个脚踩式的捣米唐臼，白米按合称量售卖。

此地各种店铺都是根据低收入顾客的需求而设，售卖种种日用商品，因此陋巷也颇具商业街的风情。河岸以北住了大量无业游民，其中多数是乞丐。

木板搭建的房屋破破烂烂，漏洞处只能用报纸和破布堵住，堪堪遮掩屋外行人的视线。

这里的居民从事的职业众多，干重活儿的首先要数人力车夫，数量占了全部劳动者的大半。

此外又有各种日结工人、土木工人、收废纸的，还有卖蛤蜊的、修木屐的、清理烟枪的、打铁的、卖旧衣破布的[3]、收灰的[4]以及卖桶的，另外还有各种

十 新网町

1 文久店：贩卖杂货、小零食的店铺。一说为粗点心屋的前身。

2 煮物店：售卖米饭及煮熟的副食品（鱼类、蔬菜）的小饭馆。

3 卖旧衣破布的：日文写作"襤褸師"，卖破布或破旧衣服的人。

4 收灰的：收集灶灰之类拿去灰市贩卖的人。灰能用作肥料。

麻布一棵松之图（图左侧有行走的小商贩）

节庆日小贩，这类行当很容易招揽生意，只要不下雨，每天多少能赚点小钱，凑合当日的生计。除此之外的经商行业，每天赚的钱都不多，若要糊口，一年下来也免不了吃苦受难。

卜卦师和按摩师

在陆上谋生的人受自然变化的影响，多少带有商人的气质，在海上谋生的人风吹日晒，习性则近似渔民。有人在海边以网兜捞虾，有人在浅滩上用浮盆捡蛤蜊，也有人钓虾虎鱼为生，摘甜菜卖钱，他们仅凭一根鱼竿、一个陶壶就能吸引许多小孩。稍微聪明点的、手上有点钱的，或是会逗乐的、懂点学问的，都能凭借自己的技艺混口饭吃。利润极小的行业诸如卖酸浆果的、卖纳豆的，每堆进价只要五六钱，有人靠这点收入也养活了全家五六口人。其他还有按摩师、针灸师、山中修行者、卜卦师、女巫和占星家等，他们失去了通灵的魔力，只能跑到贫民窟来混饭吃。

杂耍场地或赌场的看守人，也多是从这里出去的。有些十二三岁、十三四岁的狡童，身轻如鸟，聪慧如猴，每到神社佛寺举办祭礼之日，就窜入纷杂的人群，从行人袖口里摸钱，这就是所谓的小偷、扒手或摸包儿。他们已经引起了侦探的警惕，据说这个窟里就有三四十个。

神田小川町通之图（图中有耍猴艺人）

十一　饥寒之窟的一天

衣、食、住这三者之中，最让贫民们难以负担的，就是房屋租金。不仅是新网、鲛桥，其他贫困地区为散工们修建的房屋也大都是按天收费。想来是因为按月缴费对他们而言太困难，所以租金都是每日一收或隔日一收。租金分为几个等级，最高级的每天四钱，这类房屋一般是四叠半再加两叠大小的起居室，只有穷人里比较有钱的才负担得起，因此极为少见。中等水平的是火车模样的长屋，每间屋里横向铺了三张榻榻米，室外有清洗碗碟的台子。这种帐篷似的小房间每天收费二钱到三钱，一列十户共用一个厕所解决大小便。再便宜一点的每月收费四十钱到五十钱，这种屋子四面漏风，跟野兽巢穴差不多。贫民往往难以支付日均三钱以上的帐篷式小屋，所以会选择与人合租，以减少各自的费用。于是，卖旧衣破布的大都与收废品的同住，节庆日小贩一般与叫卖商人同住，日结工人一般与车夫或土木工人同住，其他大路艺人往往凑在一起，盲人也与盲人共用炉灶。

每月收入十日元的人，会拿出五日元应付吃饭之类的琐碎开销，剩余五日元则要支付房屋租金、衣服、寝具、什器和鞋袜等日用品费用，如此这般，拮据度日。他们本就没有余钱玩乐或社交，更别提打扮和存储。

但穷人也并非只要满足衣、食、住三项就足够，偶尔也得出门玩乐、交际，也会遇到灾难，需要庆祝或凭吊。这类人情往来的开销，须从日常支出里抵扣，因此时常导致家庭经济陷入困境。贫民窟的居民仅靠每日工作的收入，根本无法应付衣食住等各项支出。有时仅仅是买一升米、买一种腌菜，都要花去一整日的工钱，只能靠妻女做些杂活儿补贴家用，柴炭挪到明天买，调料挪到后天买，能拖一日是一日。必备的衣物只能等有意外入账时再买，要么就借日息高利贷应急，此外再无良策。

车夫在贫民窟里算是比较有活力的职业，一天能赚三十钱，与周围人比起来也算阔绰。但他们还得支付车辆磨损费、草鞋和蜡烛等营业费用，加起来有十钱以上，余钱也就不多，实际收入跟土木工人差不多。一个精壮劳动力每天只能赚到二十二三钱，用这些买完生活必需的米、柴，再加酱油一钱、味噌一钱、灯油一钱和小鱼一钱，此外还有腌菜、烟草、茶叶、煤炭、房屋租金和物品租借费等各种开销排在后面。扣掉这些以后，大半工钱都已如蝴蝶、蜜蜂、螽斯[1] 般，长出翅膀飞走了。

奔跑的车夫

比起车夫等劳动者，更为长久之计的是夜间商人。他们会煮"面片汤"，制作豆腐皮寿司和每碗五

1 螽斯：一种体形较大的鸣虫，别名蝈蝈、纺花娘。

厘的"通心粉"售卖。每天只需购入三升小麦粉、两锅米，支出不超过二十钱，利润除了卖食物所得，还有锅里剩下的食物。卖剩的吃食可以糊口，赚到的钱则用于第二天采购，这样一点点便可攒下钱来。但这还只是夜间的工作，大半个白天，他们都会从事

观望的车夫

其他行当，以增加家庭收入。这类百姓勤劳又能吃苦，早上卖蛤蜊，白天做些简单活计，晚上则在街边经营露天小店。这些穷商人早就习惯了，一人能兼顾两份到三份职业，若是某段时间总下雨，生意做不下去，就会跑去喝酒赌博，周旋于当铺、日息

高利贷与出租行[1]之间，由此背上重息，即使马不停蹄地赚钱也还不完。

他们常说，穷人好似住在石头上。确实如此，石头生不出稻谷，也涌不出水流，只能百炼成钢，冒出火星。他们也只能靠相互倾轧获得的蝇头小利，勉强维生。这种火烧屁股般的生活，留待后文《借贷》一节细说。

1 日文写作"损料屋"，租借衣物、器具等日常用品的店铺，收取物品使用中的磨损费用，故有此名。

十二 借贷

就这样，当铺、日息高利贷、互助会[1]、出租行等的存在，为底层社会的贫民缓解了燃眉之急。通过这类借贷方式，百姓时而获得利益、时而蒙受损失，具体情况十分复杂，值得专门研究，而笔者眼下无暇深究。

在新网、鲛桥、万年町、三河町等地最底层的居民区，有专门面向贫民开设的当铺。四周全是废弃的破屋，唯有当铺老板的家宅巍然耸立：严密封存的仓库、密不透风的砖墙和钢铁搭建的防盗栏，不仅严守着屋主的安全，也显示出主人的富裕程度。而这绝非偶然现象，高利贷商如是，出租行老板如

---

1 日文写作"無尽講"，是一种民间互助的金融组织。一般由发起人组织复数人员参加，参与者每人每次拿出一定数量的钱，用抽签或投标的形式抽出一人领取筹得的全部金额。领取者每回轮流更换，直到所有人领完一个回合，这个组织便宣告废除或开始新一轮的筹钱分领。

是，互助会的发起者亦如是。他们之所以能成为有钱人，有很多原因，但究其根本，不过是懂得榨取贫民的膏血牟利而已。为说明其榨取民脂民膏的苦心，且容我以当铺或出租行伙计的身份，为诸君做个简单的介绍。

想要了解贫民区小当铺的内情，务必要来敝店参观参观，只要进来瞧一瞧，便可知社会之动荡、百姓之困苦。每天出入当铺的客人大多是日薪土木工人、车夫、废纸商、暖帘师、二手商贩、挑担小贩和手工业者等。他们典当的物品，大都是印有商号名的短外褂、衬裤、内衣、寝具或蚊帐之类，若是遇到旱灾荒年，很快就会有人典当饭桶、锅、釜、铁罐、伞和火盆等日用器具，甚至有人典当破布头、破棉絮、提桶、浅口盘、车轮和鞋子。木屐、斗笠等价值十钱以上的物品，在当铺能换相当数额的钱。虽说衣物是最常见的典当物，但上至寝具、伞等二手物品，下至铜铁等金属器具，虽然不便处理，却也能赚取两三倍的利润。

根据借贷规定，借出一日元的利息最高不超过二钱五厘[1]。但在贫民区的小当铺里，很少有人会借一日元这么大的金额，人们大多是借五十钱以下，以二十钱、十钱居多。这样算来，五十钱获利一钱八厘，二十钱获利一钱，十钱获利八厘。也就是说，只要有十个人各借十钱，当铺一个月就能用一日元赚回八钱利息。上述计算还只是和平年代的经营状况。一旦百姓到了亟须用钱的关头，绝不会让一件价值十钱的典当品在当铺默默存放一个月。一般不到一星期，甚至两三天后，他们就会用其他物品来交换。也就是说，有人白天刚典当了饭桶，晚上就用秤来交换；晚上典当了衬裤，次日白天又用内衣将其换回。典当物品的交换之频繁，寥寥几笔难以述尽。

每次交换典当物，当铺都要按天数收取八厘到一钱的手续费，这叫"舍利"。贫民区的当铺十有八九都用这种方式获得了大量客源，这种情况称为御直参[1]。而那些不必遵守规定就能与当铺交易的客人，无须携带账本，也无须留下典当物，有时只需留下

◀1 一日元＝100钱，1钱＝10厘。所以此处的借贷利率最高限额为2.5%。需要注意的是，当时的一日元与现在的一日元价值不等。

　1 直参：原指江户时期直接受命于幕府，也指这种身份的家臣。此处应指后文提到的能直接交易、不必抵押具体物品的人。

一根烟枪、一条手巾作为标记，就能在一两天内自由借贷。这种情况下，当铺也变成了一种高利贷商，但他们不会多此一举地把典当物搬进仓库，也不会仔细在账本上记录，只需把东西放在一边，以供他人不时之需。其姿态宛如海关官吏，目睹贫民不断进出口各种货物。

御直参听来有面子，实际只是给当铺打工的，一整天的收入有一成乃至两成要"舍利"给当铺。这些人的行为乍看非常愚蠢，实际也是贫民大众长久以来养成的习惯，甚至可以说是一种先天顽疾，之所以出现这种情况，背后也有不得已的原因。

忙碌程度次于当铺的，是日息高利贷商。若借出一日元，每天收三钱利息，分四十天还清，称为"外日济"。若借出八十钱，每天收两钱利息，分五十天还清，称为"内日济"。二者每月都有两成利息，从中减去手续费五钱，印花税一钱，剩下能自由支配的只有七十五六钱而已。如果借款人到期仍然还不出钱，债主会很乐意补足一点金额，凑成新的借款数额，如此这般以利滚利，让借款人一辈子给自己打工。债主俘获了客人，自然不会轻易放走他们，只要花点功夫，就能永远差遣借款人。顾客就像为债主耕作的农民，只要计算得当，一年之后，债主借出的一日元就能变成三百六十钱。

日息借贷，绝不只有利息那么简单。借出一日元，哪怕当天就收到还款，债主也能获利三成以上。计算得越精，利息也就能越快地成为未来的本金。换言之，债主从甲处取钱借给乙，从远亲处借钱周转给近邻，由此涵本增利，利息又凑成新的本金，整钱打散后聚拢，早上散出去、晚上收回来。如此一番操作下来，微不足道的一日元本金，一年后就能变成七八日元。他们锱铢必较，最大限度地谋求几何倍数的利润增长，由此获得了惊人的收入。

赚钱的并未欺诈，只是费尽心机榨取利润，借钱的也绝不愚蠢，只是完全不懂计算。到头来，负债者什么都没做，欠款也在不知不觉间越积越多，这就是拜债主的精明所赐。就像割肉时被注射了麻药，被割之人虽感觉不到疼痛，却会在睡眠中因失血过多而毙命。

高利贷债主与百姓之间总会因为各种各样的原因，无法按照既定契约完成借贷，具体的借贷方式千奇百怪，有临时达成新契约的，也有在既有契约中写明抵押物的。例如某个戏班班主借钱时，以无形之物作抵押，获得了一笔短期借款。又如一位车夫急着借钱，在岁暮之际与债主谈判，愿以正月初前三天的收入作为抵押贷款。换句话说，他把大城市生意最好的年初盈利作为抵押，以获得年末的贷款。又比如戏班班主以观众的入场费作为抵押借贷，如果三天连续满座，收入定当丰厚，这些钱也会尽数流入债主的口袋。哪怕最初只借了五六十钱，三天内却赚了一日元，也只能全部上交给债主。因为这是双方一开始就约好的，贷款人也无处抱怨。

此外，到了这种年节关头，男人必须赎回妻子的节日礼服，还得买年糕回家过节。登上富士山顶吃顿饭要两钱，一个鸡蛋要五钱，如果价高至此还是忍不住花钱，之前的六十钱欠款就会增长到一日元，价值十钱的年糕也会溢价到十八钱。很多人请求债主延长还款期，都是出于类似的缘由，这是高利贷最赚钱、也最危险的时候。

无论是何种方式的借贷，只要出自日息高利贷商，那么一日元的价值，实际都不会超过七十五钱。普通人买一斗五合[1]米的钱，到了这些靠借贷为生的人手里，往往只能买到七升三合。不止如此，若是再加上海关似的当铺、领主似的出租行，与这三者周旋的贫民收入缩水就更为严重。哪怕挣到一日元，实际可支配的也只有五六十钱，日常吃的白米也会涨到一日元六升的高价。在明治年间，恐怕再没有别的地方买六升米需要足足一日元了吧。"爨桂炊玉"这个词与其说是形容富豪饮食奢侈，不如说它生动展现了百姓之家的庖厨难为。由此可见，以借高利贷为生的人，吃的米也是日本最贵的。

排在日息高利贷之后、能解人之急的便是出租行。出租行出租衣物、棉被和车辆[1]。租一床棉被要八厘到二钱不等，如果是上下三层的丝绢被，借一晚可能要三十钱到五六十钱不等，这类物品大都是有钱人才会用，贫民区的人不可能用它来御寒，所以此处不再赘言。出租衣物同样是一件三钱到五六钱，这部分生意一般面向底层卖艺者，为他们提供每天表演所需的装束。衣物之中也有租借衬裤、短外褂和布棉袄的，这些是车夫这类卖苦力者的必备品，一般由租车行兼营租赁此类衣物。

在贫民区，最受欢迎的租赁品要数棉被，尤其是十二月入冬到翌年三月，在为期四个月的寒冬里，

◀ 1 一斗五合：一斗 = 10 升，1 升 = 10 合，一合 = 180 毫升。
1 车辆：此处指人力车。

棉被能帮居民们抵挡严寒。这一时期，街上任何店铺都不如租棉被的生意好。当季节由夏入秋时，贫民们连换洗的衣物都没有，更别提寝具棉被了，根本不可能去专门购买。只要还能忍耐，就算只靠阳光也要熬过寒冬。可一进入十二月，阳光就无法再提供热量了，到这时，已经没时间准备新棉被，他们也只好到出租行租借。想来贫民们一早都有打算，绝非从一开始就准备找出租行。只要计算过一整年里租借棉被的开销，多数人都会被高昂的数字吓一跳，计划来年一定要买床新的。然而到了来年，他们往往没有足够的财力付诸行动。挨到第二年、第三年，还是会跟之前一样到出租行租棉被。这类人比比皆是。这种现象不仅反映了贫民的生活状态，即便是贫民中的英明清醒之人，也会沦落至此。这大概也是出租行之所以生意兴隆的原因所在吧。

棉被出租的生意因此而昌盛，仅是芝区新网町约有三百四五十户居民的贫民窟里，就有七家出租行因出租棉被而有了源源不断的客人。他们总共准备了四五十到一百床棉被，供客人轮流租用。十二月一过，到了一月中旬左右，棉被立刻被抢租一空，再也无法满足更多顾客的需求。这些棉被往往薄得像仙贝，破得像抹布，边缘打满补丁，每晚却要收一钱租金，肯花钱租这种棉被的都是些赤贫之家。我见过一家可怜人，母子三人赤身裸体抱在一起，瑟瑟发抖，仅靠一床棉被抵御寒冬。这种情况下，如果租金滞纳，债主会立刻闯入租借者家中抢走租赁物品。这实在是桩毫无人性的营生，被人评价为冷血、不人道，也无可厚非。

一般来说，当铺的存在是为了让饥民有钱吃饭，出租行的存在是为了让穷人有东西御寒。有些时候，棉被也能成为流通物，让穷人也能面无愧色地用它换钱。如果有人愿意把租一晚付费二钱的租赁棉被拿到当铺，老板会很乐意以三十钱的价格收购。虽然这人日后可能会遇到麻烦，但换来的钱确实能解当下之急。

但就像犯罪者要缴纳罚款，租借的棉被也要按每天二钱的价格继续支付租金。为了解决这个问题，他只能再租一床棉被，这种方法就等同于犯罪。犯罪必然要支付罚款，为了支付这次的罚款，又不得不租第三床棉被。第三次租赁导致了第四次，第四次又导向第五次。如此这般，罪行不断叠加，最后演变成滔天重罪。可怜这人仅仅为了三十钱的借款，最后竟欠下整整五日元，就为了租一床棉被，竟然沦为滥用各方财产的大罪人。迎来这种悲惨结局，

十二 借贷

83

并非他一开始就算计好的，实在叫人无言以对，哪怕是穷凶极恶之徒，追溯其犯罪缘由，可能都是些微不足道的小事，贫民窟有很多这样的事例。

急着用钱的时候，当铺与贫民之间来往的物件绝不仅仅只有普通的衣物什器，偶尔也有人把煮好的食物、栽种的植物、活生生的家畜和食盐味噌等物拿来置换先前的抵押品。车夫穷困时会拔下车轮，日结工人穷困时会典当身上的白布衣，洗衣妇穷困时会打客人衣服的主意，这些行为都犯了挪用他人财产之罪。即便如此，他们也不惜以身犯险，实在是因为走投无路。此外，还有人抵押煮熟的米饭、装了酱油的木桶，甚至有人带来栽着苏铁、金橘和石榴等植物的花盆。照理说，这些东西都不在典当协议规定的范围内，但老板毕竟是敞开大门做生意的，平日与顾客诸多往来，总要根据情况体谅他们的处境，签下临时契约。

形成这种惯例之后，就出现了典当家猫的客人。某间当铺收过金丝雀的雏鸟，还有间当铺甚至收过佛龛里供奉的灵位。那些苏铁、石榴、家畜、珍禽以及这尊灵位，出于什么缘由遭到如此对待？要探究这些事实，又值得专辟一章，以小说的形式记录。在狡猾的乞丐社会中，甚至有人租借两三岁的贫家小孩，带他们去参加葬礼或祭典活动，从善心人手中骗取钱财。在这里，就连有生命的人也成了一种商品，但把活人拿去典当的行为，尚且不曾出现。

穷人的葬礼

十三　新城区

　　大阪是拥有十六万户居民，东西占地四十町[1]的大都市，登上天王寺的塔顶，就能俯瞰整座城市。京都的爱宕山、清水寺，名古屋的鯱鉾城[2]，都能一览城市全貌，横滨的野毛山顶甚至能望见太平洋的洋面。然而在东京，无论是登上高达十二层楼的凌云阁、爬上爱宕山，还是登上九段坂、上野、天神台或骏台，都只能看到城市的三分之一，甚或五分之一，好似盲人摸象，无法窥得全貌。在这庞然大物的内部，各项生活机能又是如何运行的呢？成百上千位内科专家聚集在其主脑位置，分工合作，诊察各个局部，将所得结果写成报告，以杂志、报纸

---

　　1 町：作面积单位时，1 町约为 0.99 公顷，1 公顷约为 10000 平方米。

　　2 应是指天守阁。

的形式每日发行，数量能达几万部。而当范围扩大，深入到周边，辐射到肺部、胃部和血液停滞混乱、纤维结构错综交杂的区域，就连专家博士也难以充分了解该区域居民的生活状态，只能面面相觑、一筹莫展。这座动物般的都市充满活力，商品如入口的食物，每天由数万辆推车自中央市场运向各个地方。生活在其中的人则像血液，每天由六万辆人力车送往东南西北各个角落，纤维和细胞液总是从一处涌向另一处，在不同的区域间往返。把上述活动加总后持续一年，连富士山都能夷为平地。以上都是闲言，不再赘述。

大都会里无时无刻不在搞开发，推平的地方很快会被新修的房屋挤满。原本分散在四面八方的大名宅邸[1]逐渐被开发为新城，三田有萨摩之原，本所有津轻之原，下谷有佐竹之原，牛込有酒井家的宅邸、讲武所之原、三崎町之原、仙台宅邸和土井宅

---

1 大名宅邸：江户时期，幕府为加强统治而推行参勤交代制度，要求各地大名隔年到江户供职一年，并在江户城内划出土地和宅邸赐给他们。这些土地和宅邸被称为大名宅邸。幕末时期，参勤交代制度难以为继，大名纷纷回到自己的辖地，直到明治维新后，政府为加强中央集权，再次命令各地大名上京，但划分给他们的不再是郭内（东京市内）土地，而是郭外（东京周边）土地，赐予的房屋也降格为中下级宅邸。

邸等。尤其是佐竹之原的新城区，为百姓创造了许多便利。此地面积横跨三町，整个区域纵横排列着约两千个火车车厢似的小屋与临时商店，生意最好的要数马肉店，店铺几乎全无遮挡。此外还有各种铺子竞相开张，有乡村荞麦面店、乌冬店、寿司店、旧式杂货店、蔬菜店和水产店，亦有破烂收购市场、简易帐篷里的剧团、拍卖行等。所有店铺都像是开张了好几天、好几个月乃至好几年，带着股异样的陈旧氛围，所售商品也大都寒酸，引得路人纷纷侧目。

大致算来，这块面积仅有数町的区域里，就有六家蔬菜店、七家马肉店、六个曲艺场、四家水产店、十二间旧货店、四家打铁铺、三十个旧棉絮屋、四家废品回收站、八间旧金属店、六家乡村荞麦面店、五家寿司店、四家豆包店、四家煮物店、三家炸物店、五家饭铺、三家居酒屋、三家年糕铺以及两家拍卖行，各行各业挤得满满当当，由此可以推知住在这里的都是什么人。

此外，这个居民杂乱的新开发区还有个令人瞩目的特点，无论编发屋、鱼店、天妇罗店、寿司店、马肉店还是煮物店，都在店内狭窄的四壁、低矮的地板上贴满了五花八门的装饰传单，白布或纸张上要么写着讨喜的文字。比如本店曾受兼公、正公偏爱，获赐金千匹、鳕[1]百把和百万两，要么画着奇异的图案，诸如大蒸笼、七福神[2]、宝船、大鲷鱼或团十郎[3]。传单色彩鲜艳，夺人眼球，由木匠、泥瓦匠们按个人喜好装点而成，此物是新城区独有的标识，在别处看不到。

不仅如此，收废品的店门口堆着各种废弃物品：旧帽子、旧皮包、旧马具、旧衣箱、旧桌子、旧橱柜、旧鞋和旧衣柜，仿佛尝尽了人生百态与辛酸。此外，还有破布似的旧衣服和垃圾堆似的废纸山。三五个人站在其间，分拣女人的长发与线头，旁边有人用秤称量旧报纸与旧杂志，有人提着空罐子，有人挑着旧箱子，有人在捆扎旧账本，人多而嘈杂，这也是新城区的看点之一。

另外，围着草席的曲艺场内，艺人正在说唱祭文或浪花调[4]，讲述幡随院长兵卫、助六[5]等人大显

1 鳕：日文中意为去除鱿鱼内脏并干燥后的食物。

2 七福神：指大黑天、惠比寿、毘沙门天、弁财天、福禄寿、寿老人和布袋和尚七神，常被供奉于日本的神社和寺庙。

3 团十郎：日本明治时期的歌舞伎演员。

4 浪花调：一种日本民间说唱艺术，兴起于明治三十年代，由三味线伴奏，又名浪曲、浪花节。

5 幡随院长兵卫、助六：二者都是江户时期有名的侠客。

身手的故事。场外许多有站立偷听的车夫、土木工
人与往来商贩，也有散发传单、招揽生意之人。身
穿马肉店、天妇罗店商号外褂的男人被邀请入内观
看，女仆们头上缠着红巾，脖颈上施有白色香粉，
这景象亦是新城区特有的风情。

　　一片热闹之中，人人脸上洋溢着生机与活力，
宛如换过水的金鱼。原因之一，是他们刚搬来这片
新开发的土地。

曲艺场的浪花调表演

十四　拍卖行

新城区这片方圆三町的土地上，坐落着上千个车厢似的小屋、数十家板葺房、数十家铁皮屋和数十家临时商店。如果想让饮食简陋、生活水准低下的人们主动促进区域的繁荣，就要建立一种适合他们的商业运行模式。

有人说，贫民区的人随心所欲又钻营逐利，从这两点看来，拍卖行的开设可以满足他们的需求。在这数町的范围之内，鳞次栉比的二十多家旧货店自然地形成了两间拍卖行。一间铁皮顶的临时房屋充当了拍卖会场，店内刚好铺满十二张榻榻米，聚集了三四十名业内商人。领头人，亦即拍卖组织者，具有较高的鉴赏能力，此外还有一个记账的、两三个搬运货物的在后面待命。

拍卖物品大多是旧货店的滞销品、乱七八糟的废旧什器。不管木制、竹制、陶制还是革质，也不论铜铁类、玻璃类、纸制品抑或石雕类，无论竹笼、烛台、橱柜、米柜、锯子、便携墨台、食案碗类、桌子、纸门、花瓶、挂轴、火盆、桐油、油纸伞，还是鞋袜、食器、床上用品、厨房用具，只要是人类生活所需的东西，都能成为商品。

拍卖行会根据现货搬运的情况收取一定的费用，酬金一般是三步五厘，由买卖双方共同承担。这类拍卖行的受众基本都是最底层的商人，资产贫瘠的旧货商之间相互周转滞销品，以获得一时的流通。离贫民窟最近的拍卖行，分布在四谷箪笥町、麻布十番、芝浜松町、八丁堀之内、神田丰岛町、本所外手町、浅草、下谷各地，此外，还有些根据行情临时举办的拍卖活动。两百年前，江户、大阪的贫民区也有类似的资金流通活动，可见于井原西鹤[1]的诸种作品。

在东京的厨房，一把木条似的细柴都要卖二钱，更别提竹屑、刨花，连锯木、稻草渣、草席和炭袋，它们都能作为引燃物或烟熏物卖钱。虽然不是柴禾，

---

1 井原西鹤：江户时代小说家、俳谐诗人，与同时代的近松门左卫门、松尾芭蕉齐名，时称"元禄三文豪"。

塞进灶台里也能煮熟几锅饭，因此可以作为柴禾的替代品售卖。这是大都会的商人们敏锐发觉的商机，无论是虫蛀的柜子、庆长年间的米柜、足利时代的纸拉门碎片还是镰仓时代的破箱子，都能按照这一标准计算价格。

拍卖行拍卖旧货（作者手绘）

　　他们的客户就是那些贫民，当贫民实在没钱买柴的时候，只能把门弄碎了当柴，把桶弄坏了生火煮饭。尤其是在年末时节，如果家里有个旧箱子，简直就是生火的绝佳材料。有人前晚买了米和腌菜，到了今早就没钱再买柴炭。遇到这种紧急情况，只能掰一块地板横木当柴，然而横木湿气重，很难点燃。没办法，只好拆半张榻榻米来烧，搞得家里灰尘乱飞，老鼠尿的臭味四处弥漫。这种情况常见于十二月到一月间，是最黑暗的东京居民普遍患有的"贫灶病"。

虽然风靡一时的大作家都不曾写过这类情形，但我可以保证其真实性，如果有人怀疑我所说有假，大可以来这里亲眼看看。贫民们日常聊天，也会说起自家房子破破烂烂、缺东少西，俨然被小偷光顾过似的。这时，如果家里还有个旧箱子，就能多生四五次火、多做几顿饭。比起花钱买树叶、锯末、炭袋之类的边角料，用旧箱子生火划算得多。虫蛀的柜子、足利时代的纸门、镰仓时期的桌子自不在话下，就连破漆盘、烂饭盒、缺角的食案和坏掉的木桶也因此具备了相应的价值，簸箕、漏勺、砧板以及炭火铲等旧物也成了有用的商品，能以三步五厘的价格灵活出售。

拍卖行一般是按单件定价，或成套、成堆地合并定价，这叫"起拍价"。想买的人须在此基础上不断加价，令价格水涨船高，这种竞价购买的方式就是拍卖。当然，买卖双方会视当场的叫价情况要些心机，但最后一般会在合适的价位成交。万一最后的价格不合适，交易便会作废。不过，他们的叫价都是旧制货币名，比如一两银、三枚金币、一匁五或二匁五、一朱一贯之类。一分银相当于现在的二十五钱，一朱相当于六钱二厘，一匁五相当于一钱二厘。

据我所见，当日的多数拍卖品价值都在一分银以下，数量最多的要数旧衣箱、手提箱、锅釜、门窗构件、花盆、茶具柜、置物柜、陶制火盆、铁器、金属丝网、药罐、水瓶、进口小盘子、饭桶、大碗、煤油灯和漆碗等。比之价值稍高的有挂轴、花瓶、灯笼、匾额、黄铜器、旧佛像、竹制花筒、屏风、隔扇屏风和旧刀剑类。价值相对较低的物品有脸盆、味噌桶、簸箕、石臼、被炉、七轮[1]、砧板、提桶、淘米桶、备前陶器及装酱豉醋酒等调料的厨房器具。也有价值一日元以上的物品，如多层衣柜、佛龛等。这些滞销品中，有大量的纸烟盒、肥皂、牙刷、木

---

1 七轮：一种烹饪用的土炉，形状多为圆筒或四角形。炉内加木炭，炉上铺一张金属网加热食物或锅子。

屐和油纸伞，不久后，它们就会成为道路两旁的夜市商品。

此外，拍卖行还有木匠、泥瓦匠的工具出售，诸如锯子、刨子、凿子、墨线斗、锤子、抹子和锉刀等。

十五　二手交易

　　一旦居民数量达到千户，利益斗争就变得稀松平常，更何况是有三十万余人聚集的底层劳动市场，在那里，人与人之间只能互相倾轧。

　　如果独立经营一门生意，只要持续不断地努力，每日糊口大都不成问题，只是要注意个人的身体健康。在这片广阔的市场里，如果所有散兵游勇都成为经商者，各自稳妥经营，手头资本不超过十日元的人，也能获得二十五钱的利润。在此之上，就要靠商家自身的运气和应变能力，或许有人会遭遇意外的困难而败北，乃至危及生命；也有人可能因为意想不到的功劳，一跃成为士官阶级；还有人仅用十日元的资本就获利高达百日元，原本二十五钱的本金也能滚到五十钱以上，由此获得大量财富，足以在大马路上开店，聘请伙计打工。

　　然而，更多的商家就像负枪行军的士兵，途中往往多灾多难，时常遭遇伏兵炮击，弄得满身疮痍，武器也被收缴，最终失去军人资格，沦为落败者。

斡旋在旧货商之间的中间商，有很多都是这种反复经历失败的落败商人。如果说资本家是铠甲傍身、安坐帐内的将军，那落败商人中也存在经商能力不输他们之人。有人即使身无分文也能做成生意，周旋于甲乙双方之间，赚得少许利润。旧货商们往往称其为"蝗虫"。他们每天出门采购，在客户的店铺间跑来跑去，抑或是应当铺、旧货商之请，帮忙给闲置品估价。即使袖中空空，付不出定金，也有人看在往日交情的份儿上与他们签约。

在废品收购处的商品里，利润相对较高的是按市场价买卖的旧衣物，只要身上揣着两三日元，中间商就会把它们悉数买回家中。如果雇佣左邻右舍的女人小孩来帮忙挑拣，或许能从中发掘出一些珍品，但渴望通过旧衣服赚钱的中间商往往不会费那个功夫，而是收取一到两成的佣金，把这些旧衣卖给各家批发商。活跃在拍卖行的商人大都与旧货商有利益来往，一般会接受几家旧货商的委托，到市场上寻觅一些能卖出好价的东西，代拍下来搬去旧货店，又或者把旧货店不要的东西拿到拍卖行。如此这般，他们很快就成了商人之间的桥梁，兵卒似的中间商尤其需要这种技能。

在顾客整户搬迁的时候，这些中间商还能从偶然的发现中获利。当某个大家庭收拾房屋准备搬迁时，会找他们咨询各种废旧物品的大致价位。举例而言，某户人家有一个衣橱、一个佛龛准备出售，在联系旧货商之前，先找来三个中间商估价。这时，甲、乙、丙三人一般会给出差不多的价格，平均一日元的物品，差价一般不会高于十钱。不过，当这家人已经整装待发、急着卖掉所有旧物时，甲乙丙的出价就会产生奇怪的差额。甲出五日元，乙可能出两日元，丙可能会出到十日元以上。如上所示，当客户整家搬迁时，每个人都试图用报价来欺骗同行的眼睛，实在是不可思议。像这样，偶然用五日元买到的旧货里，可能会有价值七日元以上的器具，抛售掉其他废弃物品后，也能有两日元的利润。遇到这种情况，每个人身上都得要有足够的备用金。

　　如果与客户谈好价格却没钱支付，就只能求助于富有的资本家。这一来，所有物品都会归资本家所有，中间商如同身入宝山却空手而归，最后只得到一点辛苦费。因为不想遇到类似的情况而后悔，有些穷商人会典当家财去借高利贷，严重的甚至会扒掉妻子的衣服换钱，让家人忍饥受冻。即使筹到资金，按计划获得了可观的利润，但扣除多日高利贷的本息、自己东奔西跑的开销之后，剩下的金额也只有原本的五六成。如此这般，既辛苦又徒劳。商人没有资本，就像鸟儿没有翅膀。

从旧货商往下直到收破烂的，虽说不需要什么资本，但十贯破烂的利润算下来也不过八九钱。旧衣破布、破铜烂铁或许还有点薄利，但因为不便整理，也卖不出高价，大多只能按市场行情批发给废品收购商。废品收购商相当于收破烂个体户的金主，他们一般会给收破烂的人提供二三十钱到五十钱的借款，鼓励他们参与交易，这种行为好比雇佣侦探或眼线寻找罪犯。一家规模较大的废品收购商，手下能有十四五个到二十个收破烂的人帮忙搜罗。于是，有些吃苦耐劳的个体户仅用四五天时间，就能以五十钱的本金买回价值两日元以上的货物。当然，这只限于特别勤奋的人，那些毫无上进心的，可能连二十钱也不知道该如何使用。商人最繁忙的时候，要数十二月的年底大扫除前后，以及天气渐暖的四月之后。

从旧佛龛里发现金银，或是从旧衣箱底下翻出古代锦绘等珍品，由此获得丰厚利润的事例虽然也有，但自从报纸新闻上刊登了这类事件，世人对此愈发关心，对废旧物品的丢弃也变得慎之又慎，若非仔细鉴定过的东西，是不会送到废品商手上的。

有些慎重过头的人甚至连灶里的灰、老鼠拉的屎也会收集起来拿去估价，这些事例也只能作为小说桥段残留下来。

贫病之家

那些死人、病人穿过的衣服、用过的寝具也能做成新衣。除了上吊、溺水、服毒和自杀之外，还有因其他原因离奇死亡的不洁之人，他们的衣物、寝具中不乏用料上乘的好东西，就算上面没沾一滴血、没留一道脓痕，也会遭人嫌弃。旧衣破布商最大的利润，就来自这类不洁之物。收购时的价格是真正的眼泪钱（诀别钱），因此他们绝不会还价。价值五日元的衣服，往往只花一日元就带回家。之后，欺诈师会把这些衣服洗净晒干，重新做成新衣。从他们的职业属性来看，洗掉血迹、脓痕等不洁之物，也比洗掉他们手上的脏污来得容易。

十六　坐吃山空

俗话说"坐吃山也空"，这句苦口婆心的话已透出陈腐的味道，但也必须承认，它确实有道理。当一个家族从中等阶级堕落为下等阶级，或是从下等阶级的某个位置跌落至另一个位置，必然会坐吃山空或变卖家产度日，这是整个家族的落魄史。如果他们此前生活在都市，更是难以逃脱这种命运。要是把相关见闻都收集起来，又能整理出一份《贫民新闻》。

说到坐吃山空的时间，有人十年、二十年，有人可能持续一生。家中财产至多两三年就会花光，最短不出一年，甚至三五个月就到头。每当大家庭破败、一家之主丧失斗志，或是男主人死亡、遗属迷失方向，又或遭逢变故、无以为生，还有生意不景气、经济上入不敷出的时候，就意味着坐吃山空的生活要开始了。

首先，他们会变卖房产、家装和剩余物品，暂住到借来的房子里，就像天皇搬去行宫生活，同时减少社交，不再经营外表。从前每月要花三十日元，如今只能花十日元，因而大概率买不起米和柴，但只要跟鱼店、蔬菜店的新伙计处好关系，多说好话，也能减少厨房的开销，从结果上看，生活不算困难。但坐吃山空迟早会遭受打击，借住别人家也不是长久之计。他们第一年会耗尽存款，第二年会卖光衣物器具，到了第三年，无形的人情关系也会断裂，不得不离开租借的房子。

假设有家人坐吃山空，第一年花费数百日元维生，心境还能像敕任官[1]一般开阔。第二年虽然变卖了数十件家产，心胸也尚未狭隘到判任官[2]的程度。可第三年，他们必须日夜奔波，靠借贷苟延残喘，心境就会跌落到刀笔吏[3]或杂役的状态。从大家族沦落的人享受着祖辈的余荫，即使什么都不做，一般也能维持数年的宽裕生活。哪怕他们此前只是一介小商贩，只要拿出祖辈的人情账本翻一翻，基本就

---

1 敕任官：日本旧宪法下，按照敕命就任的高级官吏。
2 判任官：日本旧宪法下的最低级官职。
3 刀笔吏：负责记录文书的小吏。

能解决未来一年的收入。要么找出尚未解决的合约提起诉讼，要么摆平几起纠纷、获得赔款。也有人卖掉典当物换取诀别钱，以此支撑数月生计。一直坐吃山空的人，最后往往会走上变卖墓石的道路。家族延续数代的荣华，到头来只剩几座卵塔[1]，如果一座能卖几十日元，也算补贴家用的最后手段。

由此看来，靠变卖家产度日的悲惨状况，充分展现了人类的生活习惯。坐吃山空第一年变卖家产得来的钱最不经用，一千日元抵不过第二年变卖的一百日元，第二年的一百日元又比不上第三年的十日元。举例而言，过去曾有农村富户羡慕都市人的生活，带着近三千日元货币、七捆衣物及价值数百日元的杂物移居东京。可前后不到三年就花光所有财产，落得身无分文。这类事并不少见。一年后，他回到乡下，在亲朋好友的劝说下，又带着价值百元的商品第二次移居东京。这回他吸取了教训，花

1 卵塔：放在墓地台座上的卵形墓石。多见于日本禅僧之墓，也叫无缝石塔。

钱特别小心，最后平安度过了数十年。想来，哪怕三年都靠变卖家产过活，坐吃山空的人也可以通过学习和锻炼，开启全新的人生。这其实是在社会上摸爬滚打的好处。有人利用变卖衣物家具的经验开了旧衣店、旧货行，从破布烂衣商和中间商口中获得业内机密，并培养了物品鉴赏能力，虽然花光了三千金财产，却也成长为盈利三百两的旧货商。

天道不会置人于死地，自救者天亦救之，说的就是这样的人吧！

十七　早市

　　大型蔬菜店都备有大号板车"大八"，小型蔬菜店则有中号板车"大六"，最小型的蔬菜商即沿街叫卖的小贩，只能挑着担子奔赴各个市场。这是商贩们每天早晨的必修课，三百六十五天，无论是周末、庆典、凶日还是吉日，绝无懈怠。就采购地点而言，芝、赤坂、京桥及日本桥的蔬菜商会去大根河岸的市场，本所、深川的人则是去三河岛的市场，芝、麻布的人前往目黑的市场，小石川、本乡、下谷的人则赶赴驹込及谷中的市场，四谷、牛込、赤坂的人会去新宿的市场，浅草、本所、葛西的人则是前往千束、小塚原及本所的各个小市场。

　　以上就是这个庞大都市在自然地理环境的基础上，在各地区、各郡县开辟的蔬菜市场。

　　在众多市场中，多町的蔬菜市场汇集了府下十五区的蔬菜瓜果商，可谓中央政府般的中枢市场。这里的早市盛况不仅是东京第一，恐怕也是日本第一。包围在十五个大小区之外的各郡、各村、各乡——北起砂村以东的新田葛西边陲，西至练马乡，南到目黑涩谷一带，东至砂村以东的新田武藏六郡、下总二郡的田园、土地——的居民都推着大大小小的板车，一拥而来。

该市场位于神田多町，自凌晨两点到八点都有货物不断输入，送货人挤满佐柄木町、新石町、须田町及三河町、连雀町周边延绵数町的范围，形成一个巨大的"世"字。这个贸易市场由二百四十家蔬菜批发商、三十七家干货店、二十三家日用杂货店及玩具批发商、四十七家板车批发商和十二家饭店组成。行人往来其间，填满了五百余家店铺占据的数町空间，宛如山间开辟的小型都市，据说每天早上的人流量高达五万左右。此地贸易之兴盛，批发商数量是大根河岸的十倍，市场面积是大阪天满河岸蔬菜市场的三倍。虽然交易金额比起鱼河岸市场稍显逊色，但若论货物品种与数量的丰富、买卖区域的宽广，则要远超后者。

这里人山人海、热闹非凡、货物堆积如山，是当仁不让的头号早市。有时，市场上摆满初秋的菜果：毛豆、茄子、玉米、带霜的金黄南瓜和正值成熟的梨。西瓜累累堆满路边，芋茎如丛生的密林塞满屋檐，襄荷、新芋、柚子和扁豆要么切成两半，要么铺在草席上任人挑选。新姜颜色泛红，芋头洗得净白，进口西瓜像炮弹，冬瓜、香瓜也堆成小山，葡萄、梨子大都装在箱子里，买家可以挑一个试吃。环顾四周，到处是五颜六色的菜果，行人熙熙攘攘、摩肩接踵，挤得连根针都插不进去。阳光之下，竹筐在人们头顶移动，草鞋在地面互蹭，车轮与车轮彼此咬合，这景象堪称大地上的美术品。仅仅是当天早上，就有如此的盛况。

神田多町的蔬菜市场（作者手绘）

无数板车与竹筐把土地的玉液、山中的精气运送到这里，人们买卖时所用的语言却比南洋楚克群岛的原住民更令人费解，各种黑话[1]乱飞，从旁观之，颇有蛮夷之风。此外，他们记录买卖的文字也比梵文更难懂，因为速记者笔法生疏，账本上的备忘文字乱得像鬼画符：八百屋仁兵卫记作"八百二"，万屋勘兵卫记作"万勘"，麴町番町的源七记作"番源"，小日向水道町的正七，记作"日七""日正"或"小日七"。缩写方式大都信手拈来，一个小时后，连写的人自己都看不明白。记录只图一时方便，看在旁人眼里则轻率至极。想来，无论是这潦草的梵文式记录，还是楚克群岛原住民式的黑话，都是这个市场上不可或缺的东西。批发商、菜贩等都是用这些语言文字进行交易，抓紧午饭前的两小时彼此竞争，这正好反映出市场贸易竞争的激烈程度。

1 原文中分别记作サルマタ、ヤゲン、ロンジ、ダルマ、チギ、ヤッコ、セイナン、ゴンベ。应是代指蔬菜市场上的各类物品，作者大概也没听懂，便以假名标记读音。

砂村新田的西瓜船（作者手绘）

　　在激烈的贸易、满眼的蔬菜瓜果、混乱的人群
与热闹杂沓的社会生活中，突然有些东西映入我眼
帘，让我与华兹华斯产生了共鸣。那是郑重陈列在
市场一隅的晚秋山果，让人不禁怀疑地球旋转速度
比太阳系快了七十五天。草席遮不住半黄的新鲜柿
栗，顶着秋露钻出苔藓层的青头菌也从里面探出头
来。今早所见的菜场风景，真乃千载难逢。日本国
土广阔、山谷幽深，它们来自哪一处深山，又产于
哪个温室？如今，严冬也能见到竹笋，初春也能买
到黄瓜，三伏天的盛夏已经出现晚秋的果物，这也
是本市场修建以来的新特色。大都市居民生活奢侈、

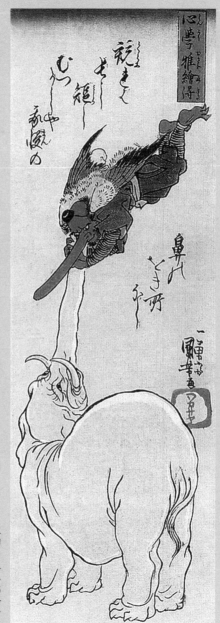

天狗与象（锦绘）

嗜吃珍奇之物的消息传遍全国各地，撒向每座岛屿的深山幽谷，连天狗大神[1]也有耳闻，山里的猴子又告诉狼，于是魑魅魍魉的食客带来了这些礼物。

《山海经》中的天狗

1 天狗大神：关于天狗的最早记载可以见于《山海经》，传说人
  饲养之可辟凶邪之气，是御凶的吉兽。而日本妖怪文化中的天
  狗，已与《山海经》中的天狗形象有较大区别，平安时代的
  《今昔物语集》中所记天狗为鸟喙人身、背生两翼，常身穿
  "山伏"（日本服饰之一）、腰佩武士刀，具有超自然力量，尤
  擅幻术。——编注

以上，就是这个市场肉眼可见的景况。那么，这东京第一的早市与最底层居民的生活有何关联，他们又能从中分得些什么呢？这又是个值得思考的问题。这里以数百个暖帘师为中心（他们用仅有的十五六钱买回一挑蔬菜），上有数不清的叫卖商人，例如提着篮子或摆摊售卖寿司、草饼、团子串、冰点心、菜刀、绳子、簸箕、竹篮、笔记本、烟草、砚盒、斗笠、引火木、木牌、穿钱细绳、竹耙和鲍鱼贝类等食品或用品的男孩、女孩、小商人，或是摆出干蝮蛇、女贞蛾幼虫、笼蟹、天狗梅[1]、金石、金花[2]、石榴石及虾夷盘扇贝等山珍海味等待稀客临门；下有替人推车挑担赚取血汗钱的临时工，帮人守板车的短工，负责市场卫生的清洁工和等着抢剩货的乞丐。要想知道他们究竟从中分到了什么福利，还得问他们本人。

十
七

早
市

1 天狗梅：一种珍稀植物。
2 金石指矿物，金花指石英一类。

十八　十文钱的市场

文久店的客人大多是底层社会的孩子。他们出生于都市，生来就无法奔跑于广阔的田野，只能小心翼翼地穿梭于马车、人力车、板车与电线杆之间，玩捉迷藏也嫌危险，蒙眼藏草鞋[1]又没有足够大的地方。爬树、过河更是想也别想，不仅放不了风筝，也拉不了渔网，玩陀螺会弄伤路人的脚，扔小石子会划破纸门、遭人索赔。没有芋头地供他们挖芋头，也没有瓜田让他们啃瓜或茄，更不能爬上桃树、栗树或柿树偷摘美味的果子吃。要是他们胆敢这样做，就会立刻被房东或地主喝止，蒙受"臭小鬼""尿床鬼"或"败家子"等污名。这一来，无论多么淘气的

---

1 蒙眼藏草鞋：一种儿童游戏。类似丢手绢。

小孩都只能躲进文久店，用三十文买一枚点心，或是在三尺见方的地面比赛拍纸画[1]。

通新石町的玩具店（作者手绘）

调皮的小男孩都只能如此，贵妇人的千金又如何呢。这些被称为"毛丫头"的未来女丈夫、被叫

1 拍纸画：又叫拍洋片。纸画是一种卡片，上面绘有传统人物或小孩子喜欢的图画。用自己手上的纸画让对方的纸画翻面，即为胜利。除了纸画，也可以用瓶盖之类的东西代替玩耍。中国也有类似的游戏。

作"小妮子"的下代巴御前[1]，既不能在田野里摘花，也不能去海边捡贝壳。慈母要担心她们出门被马车弄伤，祖母又要叮嘱她们别靠近翻倒的人力车。如此这般，她们只能在院里铺一张二尺宽的薄草席，以三寸见方的箱子作房子玩过家家。这个"家"里有起居室、厨房、灶台、锅碗和食案，菜刀是铁片，食物是羊羹。她们用这些东西喂养想象中的女儿，为她迎接夫婿。想来，湖处子、嵯峨、涟山、伯内特[2]等当世一流的作家先生努力磨炼文笔，也无异于这些老成的女孩玩游戏。她们对家庭琐事记忆犹新，一岁就知道主持婚礼、接生孩子，还会把丹波酸浆果放进脸盆，以贝壳为勺往上浇水。如果你好奇这是何意，她们会告诉你，是在给婴儿洗初浴，这份聪慧机智足令见者讶异。

以上就是都市小孩的游戏，而这些游戏材料都购自文久店。从竹枪、笛子、喇叭、烟花、福袋、福

---

1 巴御前：平安时期的女性。智勇双全、武器高强，曾跟随丈夫源义仲屡建战功。

2 湖处子，指宫崎湖处子，日本小说家。嵯峨，指嵯峨屋室，日本小说家、翻译家、诗人。涟山，指岩谷小波，日本作家、儿童文学家、俳人。伯内特，美国作家。

巴御前出阵图（绢本着色）

菓子、纸画和酸浆果等游戏用品，到落花生、廉价点心、桂枝、糖水、烤蚬子、杏子、卷寿司及蜜饯等食品，只要是孩子们喜欢的东西，无论多么千奇百怪、精巧细微，都能在这里买到。

这些文久店形成了名为"十文钱市"的批发市场，占据蔬菜市场的一角。无论采购多少货物，每位客人的消费都不会超过二十钱。比如，用五钱买一盒粗点心、四钱买一盒卷寿司，或是用三钱买蒸豆子、二钱买酸浆果，又或用一钱买五把桂枝、四钱买二升落花生，又或是买四个福袋、五把竹枪、十串烤蚬子、七瓶糖水。要问这些总共花了多少钱，左不过给甲商店三钱五厘、乙商店二钱八厘，在附近五到七家商店各买一些的总价也很难超过二十五钱。用于支付的货币大都是穿在细绳上的铜钱，诸如永钱[1]、文久钱[2]、青钱[3]，以及四五年前尚在勉强流通的天宝钱[4]等。

1 永钱，指永乐通宝。室町时代从中国明朝流通过去的货币，后来成为日本的标准货币。

2 文久钱：幕末流通的钱币，又叫文久永宝。

3 青钱，指宽永通宝的四文钱币。是江户宽永年间到明治中期的货币之一。

4 天宝钱，指天保通宝。江户天宝年间制作的货币，在明治时代贬值，一枚仅值八厘。

道路两旁商店鳞次栉比，货物占据了门前半条街，客人可以随意自取，采买十分方便。这里的店家不会欺客，算账也从不失误。从最冷门的商品到最热门的货物，文久市场的贸易往来皆不违背它的名称。这里的客人，即文久店的主人公，大多是些四十岁以上的中年女人。除了神田区内的居民，下谷、浅草、本乡、四谷、麴町和麻布周边的居民也会一大早来光顾。此外，南葛西、北丰岛、千住、板桥、目黑及涩谷等偏僻地方的人一般三五天来一次，人数多达数千。文久市场所在的角落往往被这类人填满，其热闹景象也可谓蔬菜市场的副产品。

十九 无家可归的人

无论是容量大于十艘漕运船的港口，三间仓库比邻而立的区域，还是装卸货物的河岸，打包行李的地方，乃至市场及各种作坊，都能见到搬运工的身影。他们肩搭长披巾，身穿单衣，一会儿跑去帮厚德丸卸货，一会儿赶去给永代丸[1]卸货，赚的都是短期工钱。

在东京市内，这类苦力大多集中在川口灵岸岛、深川木场和米仓附近，四日市的三菱仓库旁，鱼河岸、神田川及扬场[2]等地。每个区域大约聚集了数十人，其中以蔬菜市场的人最多，还有近千人推着板车从周边赶来。近处的多来自九段坂、上野，稍远

1 厚德丸、永代丸，都是轮船的名字。
2 扬场：本意是轮船卸货的地方，此处是地名，指扬场町。

的来自青山、目白和巢鸭一带。按距离估算，推六十到八十贯重的板车，每十町[1]收费三钱左右，这是底层职业里最吃力气的工作。

他们一般早上七八点就等在市场，见到来采购的蔬菜商就上前帮忙推车。结束后在九段坂、万代桥、扬场或上野等地随便找个地方休息片刻，遇到需要挑货的人就主动出击。也可直接去鱼河岸帮采购的货商推板车，以此赚点住宿费。如果一天能赚到二十钱，就算是生意兴隆了，赚到十钱左右也能凑合过完当天。有的人会站在坡道下方，等着推人力车上坡，每次可获一钱报酬，再用这点钱买片黄米糕勉强充饥。

这些可怜人连每晚三钱的柴钱旅馆都住不起，只能在树荫下随便一躺，睡上几小时。下雨没有伞遮，下雪也没有多余的衣服保暖，只能靠每日的阳光过活，生活再落魄不过，这就是所谓的立坊[2]。他

---

1 町：作距离单位时，1 町约为 60 步，或 109 米。

2 立坊：日文里叫立ちん坊，没有固定职业，一般是在人群聚集的地方找机会帮人推车或临时受雇，打短工赚取一点生活费。

们虽然落魄，却从不以乞讨维生，不仰仗他人恩惠。无论身上多臭、脸上多脏，内心也不曾堕为乞丐，他们尚存廉耻之心，绝不与那些恶车夫同流合污。

社会分为上中下三个等级，每个等级都有不愿受社会管制的人进入各种行业。自然，最底层的社会里也有不愿受管制的人，立坊之中尤为多见。有人受不了房东的苛刻，从家里逃了出来；有人经不住老板的压榨，从劳动组织中跑了出来；还有人愤恨于妻女的冷眼，干脆搬出来鳏居。当他们逃离房东、伙伴或家庭时，无不满怀愤怒、决心振作，但毕竟赤手空拳、贫寒无依，随着岁月流逝，很多人几年后就忘了离家的初衷。话虽如此，在见证城市的荣耀时，我总会为他们感到悲哀。

如果世上没有漕运船，哪怕再辛苦，我们也要为一点点石油远赴俄罗斯采购。如果十六方里¹之内没有菜田，东京市民也不可能买到便宜新鲜的蔬菜。

---

1 一里约为3.9千米，1方里则是3.9平方千米。此处代指周边。

这是多么伟大的恩赐啊！蔬菜市场的批发商只需支付低廉的佣金与手续费就能买到大量货物，而这些都得感谢辛劳的搬运工，他们的工资直接被折进了商品价格。人们总是嘲笑他们的劳动力不值钱，说他们是立坊、乞丐、流浪汉，却没人知道，我们每天吃的廉价菜果，都来源于这不值钱的劳动力。把一辆八十贯重的推车从田间推到市场，运费只有八钱。平均下来，每运送一贯重的货物只能赚到一厘。一厘只能买十二根越瓜或二十根茄子，谁愿意做这种廉价劳动力呢？

在路旁过夜，等待天亮（作者手绘）

如果世上没有市场，没有蔬菜店，哪怕只是买一把生姜，也要亲自跑去谷中。如此想来，这些搬运工的收入被货主克扣了一成，又被批发商或蔬菜店克扣了一成，此外还被亟须蔬果度日的我们克扣了二三成。劳动者就这样被无情的社会不断克扣，工资到手时已经少了四五成。必须强调的是，如果眼下我们口袋里装了十日元、百日元，其中就有五日元或五十日元本该属于他们。如果偶然看到他们倒在路边，衣衫褴褛地挨冻，只能靠剩饭果腹，我们又该作何感想呢？

二十　最黑暗之所的怪物

某个夏天，我与贫民窟的一群宫物师同行，挑着盐渍青花鱼、干乌贼、鳟鱼和干鳕鱼等，从河越在前往秩父，一边赶路一边叫卖，行至大宫乡时，货物几乎售罄。我又换了个买卖，与卖玻璃风铃的小贩为伍。时节正好，我悠闲地离开上州，自高崎途经安中、板鼻周边，最终抵达有名的伊香保温泉，意外在此地发现一桩值得细说的好营生。那究竟是什么呢？

众所周知，伊香保的温泉旅馆都修在山顶往下的中腹位置，形成一幅悬崖景观：房屋重重叠叠，阶梯步步相连，道路狭窄，仅以石灯笼开路，路旁就是屋顶，身后则是房檐。旅亭、茶亭和饭店多在上层，下层则是新引的温泉、酒铺、灯油铺、蔬菜店、日用杂货店、外送店、洗衣店、酒馆、煮物店、阅览室与租书屋，衣食住行皆能满足顾客的需求。可容纳数百名温泉客的大旅馆和三百多家小店，蜿蜒在壁画般的山腹上，并向西北的谷地延伸，挡住了大半天光，导致下面的居民长期晒不到太阳。而这下层之下还有下层，那最下层的地方是什么模样，又住着什么样的人呢？

首先，这最最下层的地方位于酒馆、蔬菜店或日用杂货店等下层民居的地下五尺左右，是一个个挖空的地窖，顶部的出入口有梯子，架在三尺高的天窗处，供人步行进出。地窖的面积约有十到十二叠，以四壁和木板分隔，隔断处有绽出新芽的植物，室内却臭气弥漫、直冲鼻端。近来"最黑暗"一词遭到滥用，人们甚至难解其意，但只要见识过眼前这种无法形容的、最黑暗的生活，大概没人会否认，这里就是最黑暗的世界。

那么，在这个地窖里生活的又是些什么样的人呢？仔细一看，他们都是身患眼盲或聋哑等顽疾的残疾人，大都是为温泉客表演节目以供消遣的艺人。有的会吹笛子、尺八，有的会弹琴、三味线，还有给人揉肩按腹的、做针灸的，不一而足。稍加观察他们的样貌，会发觉有跛足者，亦有额上长瘤如土豆、眼睛烂如牡蛎的和尚与身短背驼的小和尚，还有全身长疮的盲女、以拳头移动身体代替步行的腿部萎缩者、象皮病[1]患者、侏儒等。每个地窖里住了五到八个类似的人，窖内漆黑，难以识物，但他们多为盲人，灯火也就不再必要。

在这百十来号残疾人中，有个类似酋长的头目。他是做针灸的，左额上隆起一个碗大的包块，还养了四个盲女做妾，年龄自二十五六岁到四十岁不等。他吃饭时总是左搂右抱，着人伺候左右，情状之倨傲，宛如大江山的酒吞童子[1]。他会按客人的人头数抽成，一位客人三厘，地窖里的艺人都要受其剥削、仰其鼻息，宛如奴隶。如果有谁不及时上供，他就会把人绑起来用铁鞭抽打。如果外地来的流浪艺人在附近赚钱，被他发现就会立刻抓来惩治一番。周围旅馆的表演大抵也都被他垄断。他时常闭目心算，对每家旅馆客流量的增减、客人花钱的多寡、生意的兴衰无一不晓，还会细细思索各旅馆有什么样的客人，如何能让他们花钱。只一个夏天，那百十来号艺人上交的钱款就能达到数百日元，他把这些钱借给旅馆里的小商人，以此收取高额利息。如果有人

◀1 象皮病：又叫淋巴丝虫病，是一种寄生虫引起的疾病。部分罹患此病的人会出现手臂、腿部或生殖器的严重水肿，患处皮肤变厚、疼痛，呈现出象皮的模样。易发于阴囊、上臂、阴茎、外阴、乳房等。

1 酒吞童子：传说中住在丹波大江山的鬼怪，时常到都城里劫掠妇女与钱财。

大江山的酒吞童子的首级袭击源赖光

胆敢延期还款，他瞎着眼也要立刻上门讨债，一天也不宽限。

不止如此，这位盲人还养了几个小童，除了传授技艺，也会让小童们每隔两小时到各旅馆转一圈，顺道打探客人的类型，但赚到的钱也将被他悉数没收。他时常以练习为由，让小童们给他揉肩按腿。如此，这些盲童吃着盲女做的饭，瞎着眼去完成每天的任务，往返于悬崖似的阶梯。盲女们平日也能靠按摩、弹琴或唱歌获得一定收入，上供给主人。

因为这个盲人身边常有女人环绕，所以总是受到伙伴们的艳羡。想来，这番艳福也好，权威也好，荣耀也罢，都来源于他那钢铁般的自信、贯彻自我意志的蛮横强硬，以及瞎了眼也能从声音判断人心的天赋异禀。正因如此，他才成了这个地窖里的大酋长。

以上，就是我随区区风铃小贩在距离东京数十里的上毛伊香保山中看到的事实。另外我还发现，在这最黑暗的世界里，有很多人不及他傲慢，不如他享尽艳福，也不像他那样剥削同伴，却跟他一样逞尽威风。

顺带一提，这些盲人蛰居的地方极其简陋脏污。他们的居住空间狭窄，不足九平方米，厕所厨房同在一室，饮食起居都在这里解决。早晚只有一碟腌菜、一碟蔬菜，吃饭没有乳羹，菜色全无讲究，时常荤腥咸辣混杂。碗碟也脏乎乎的，吃完擦一擦就收进厨房，从不清洗。室内无人打扫、长期蒙尘，蜘蛛到处结网，湿气弥漫之下，植物发芽、苔藓勃发，霉菌滋生。

二十一　日结工与工长

靠劳动力赚钱的人一般有两种结薪方式，一种是按日结薪，一种是按工结薪。按日结薪即日结工资，按工结薪即一人或数人为一组，共同承担一项工作，比如把甲处的土石运往乙处，每挑以固定价格付费。不过，这些人普遍的薪资是每天十八钱到二十五钱。尤其是临时雇佣，有的虽然每次只需挑三到四贯，但工期往往要持续二三十天，一天通常能赚二十钱。

然而，工长从包工头手中拿到的报酬不会少于二十五钱，也就是说，工长从里面抽走了部分金额：给工人发二十钱，工长能抽五钱；给工人发十八钱，工长就能抽七钱。不过，工长也要负担劳动用具（即鹤嘴镐、畚箕及竹耙等）的损耗费。此外，不同工组要在各自固定的地方租借短外褂[1]，扣掉各种开销之后，负责三十个工人的栋梁[2]每天能赚一日元到一日元四五十钱。当工长晋升到包工头的位置，就能把一项标价二百日元的工程成本压缩到一百二十日元。也就是说，剩下八十日元都进了他的口袋。此时，他肩负工程相关的一切责任，以及交工前的资金流转。不过，东京府内很少有这种独立的"栋梁"，一般都是从属于包工头的中间人。

每项工程最难避免的就是上位者压榨下位者，想尽办法垄断利益已成为世间普遍的风气，常见于各种人际交往中。事已至此，竟还有人费心戕害可怜的同胞，实在可恨至极。包工头与栋梁的狼狈为奸就是一例。遇到劳动力不足的时候，他们当然无暇施展这种奸计，可一旦工程顺利、工人们相安无事，他们就会趁机耍诈，这已是惯例。

假如有一项工程，栋梁从包工头手里接下时，上面要求招五十个工人，每人每天给三十钱，遇到经济不景气的时候，日结工人找不到工作，生活艰难，工长手里的名额就变得奇货可居。这时，他先从每个工人的工资里抽十钱，然后把五十人削减到

◀1 短外褂：即半缠，一种工作服，有的印有店名、商号等。
◀2 栋梁：一种人力中介，负责提供体力劳动者。根据上下文，这里的栋梁就是指工长（部屋頭）。

三十五人，剩下十五人的工作量让那三十五个人抽签，在规定的劳动时间外多干一到两小时弥补。工程结束时，工长会以五十人的工程量申领薪资，分配工作时却只有二十五人、最多三十人。有时，他们也会找些体质虚弱、不算完整劳动力的人，令其穿上短外褂充数。由此可见，工长是多么吝啬，行事又有多么恶劣！还有些时候，公司或老板会给工人们送东西，但工长往往会私吞酒菜，更有甚者还会把统一发放的短外褂拿去包柱子。

短外褂这茬是真有其事，发生在阿部川町一带。有个工长的妻子为人吝啬，对手下工人毫无慈悲之心。有一回，慷慨的老板按人头数给五十名工人各做了一件短外褂，让人送到工长家，收到衣服的工长老婆却吝啬得不肯轻易分给工人。工长夫妇知道慷慨的老板在外面有眼线，到底不敢私吞，反复考量之后，只得从工人里挑出最亲近的十五人，偷偷给他们发了短外褂。剩下的三十五件就拆开做成被套，多余的布料则卖给破布商，事后还装作若无其事的模样。

二十一 日结工与工长

133

二十二　餐饮店明细

东京府内最有名的饭店，要数室町三丁目的某店、芝区宇田川町的某店和牛込扬场町的某店，这些饭店平均每天能赚三十五到四十日元。但他们的顾客并非劳动者，而是财产比较丰厚的商贾、职人等，平均每位客人能花八九钱。要是有人用十五六钱点三壶酒、一盘刺身、一道炖鱼和一碗汤，就算得上出手阔绰。

比之档次稍低的普通饭店，食客大都是车夫等劳动者。生意好的饭店，厨房一般有两个男仆、三个服务员、一个打下手的，店头还有个盛饭的（一般由管账的老板娘负责），总共六七人，每天能赚二十日元。店内所需的蔬菜、鱼类和米，则由老板每天去早市购买。这类店铺算中上水平的饭店，信用度高，外观也比较体面，厨房经过整理，并不太脏。

再差些的便宜饭馆就不同了，店内又脏又乱，语言难以形容。最打眼的是店铺外观：屋檐腐朽、柱子倾斜，板壁被煤烟熏黑，厨房冒出的烟在屋里乱窜，室内光线也随之变暗（因为烟囱不完备，也没有通风的窗门）。加上这里早晚都挤满了来吃饭的劳动者，没法儿彻底打扫，饭桌四角沾满灰尘，阁楼像破口的大洞，墙壁坏了也没修。

肮脏的低档饭店厨房（作者手绘）

其中，厨房最为脏乱，实乃传染病之源。地面堆满垃圾，到处湿淋淋的，像有水獭爬过。狭窄的空间内，低矮的阁楼、长屋旁的厕所、垃圾堆和水井全都挤在一处，还有发霉的水桶、沉着淤泥的脸盆、堵塞的下水道和淤积的脏水。一到下雨天，水滴沿破窗流进厨房，这里就成了世上最脏污恶心之地。莲藕、芋头和竹笋的皮，沙丁鱼、青花鱼和金枪鱼的烂肉连续几天都堆在厨房一角，从中散发的臭气与饭菜香、厨娘身上的体味融为一体。衣服皱巴巴的男仆、浑身脏兮兮的女佣、梳着头幽灵般现身的老板娘、在病床上吃饭的老板女儿，还有醉汉、破锣嗓男人、败家子……各色人等终日在店内喧嚣。

臭不可闻的长屋厕所

这种最低端的饭馆多见于浅草、芝区的近郊，尤其是三河町周边，比比皆是。此外，这类饭店每天大概要煮十二到十八锅饭（一锅三升米），烧菜五百盘（一盘五厘或一钱）、炖鱼一百盘、刺身五十盘和汤锅[1]若干。既然是为社会底层劳动者提供饮食，只能靠薄利多销来赚钱，进的货都是廉价品，食材不可能有多新鲜。虽不是早市上卖剩的，也大都是供过于求的便宜货。举例来说，用竹篮装三贯鲨鱼碎肉能做一百盘菜，赚回一日元营业额。有时买一条大金枪鱼就能做十盘刺身、五十份汤锅及若干小菜，如此算来，五六十钱的开销就能有三日元以上的收入。蔬菜、腌菜也以类似的比例售卖。最不赚钱的要数带鳍的小鱼，采购价一条一钱，炖完也卖不到两钱。此外，即便是生意好的饭店也没法靠米饭赚钱，最多只能赚回柴钱和劳务费。以上就是低档饭店的大致经济情况。

顺便一提，底层劳动者最常吃的是各类蔬菜，

---

1 汤锅：日语称"锅料理"。类似于清汤火锅，里面煮有蔬菜、肉、鱼等。分量相对中国的火锅小很多。

尤其是干菜、豆腐渣、紫萁、蕨菜、胡萝卜、土豆和各种豆角。因为价格便宜，几乎想吃多少就能吃多少，一顿花不了三钱就能吃饱。店里卖的虽都是粗茶淡饭，也毫无烹饪技巧，往往荤腥咸辣混杂，味道难以下咽，但对他们而言，也算是平凡的大餐、适宜的享受。事实上，他们的早饭大都只有一菜一汤，滋味寡淡，所以晚上会想吃点味道浓厚的鱼肉来满足口腹之欲，比如蛤蜊锅、葱段金枪鱼锅。

不过，他们最满意的还是能吃上廉价的河豚。他们常说，河豚本是鱼类中最高级的美味，但普通人因害怕有毒而不敢尝试，河豚便遭到市场抛弃。由于对食物的渴望打败了对危险的担忧，他们总能随心所欲地狂吃河豚，可谓毫无节制，想来这也是贪食者的本性。

二十三　居酒屋的客人

除了饭店，劳动者花钱最多的地方要数居酒屋。赶时间的时候，他们总是就着小菜迅速喝完一杯枡酒[1]。雨天、大风或下雪的日子则不那么着急，因为路上行人稀少，他们把车一放，取下坐垫便悠然走入店中。有时跑完一趟远路、赚到足够的报酬，也会施施然进入店中点酒，以佳酿浇灌干渴的喉咙，由此推开最最华贵的享乐之门。华门既开，便有壶装的绿酒、银瓶、珠碟、珊瑚器盛的凤髓汤羹和琉璃盏装的烤熊掌，还有宫嫔三百、侍女三千，极尽酒肉杯盘之荣华、金殿绮户之声色。蓦然回首，昨夜的苦役奴隶已成今朝殿上之王公，似卢生一枕黄

---

1 枡酒：装在木枡里的酒。枡是一种方形器具。

梁、梦游华胥。俄而骤雨袭来，他们倏然惊醒，才发现方才所见竟是那杯浊酒的魔法：以为是凤凰做的热羹，其实只是加了葱的汤；以为是包烧龙髓，原来只是罐烤的蝾螺[1]。闲话到此为止。劳动者往往沉溺于这种快活无法自拔，分不清深夜黎明，进店后喝得烂醉，把赚到的钱消费一空。他们喝不起名牌好酒，冬天的"白马"（浊酒），夏天的烧酒都是辛辣苦涩的发酵物。浊酒一合只要二钱，酒量大的一次能喝五到七瓶，有人不惜把身上衣物拿去典当换酒，每次要喝十瓶以上才罢休。出于上述原因，浊酒店门口总是停满空车，弄得道路水泄不通。浅草、芝、神田等区域的劳动者最常聚集的地方，就是酿酒店门口。这种时候，店里每天能卖一石以上的酒。他们也提供煮菜炖鱼，每盘五厘或一钱。

浊酒酿造于阴历八月朔日以后，寒冬最冷的三个月会迎来售卖的高峰期。将米浸泡十八日后迅速榨

---

1 蝾螺：一种常见日本料理食材（日语写作栄螺、拳螺、サザエ）。日本有"蝾螺之拳，白鱼之手"的俗语，意为男子之拳如蝾螺，硬朗彪悍；女子之拳如白鱼，温柔纤细。在日本的妖怪文化中，亦有蝾螺鬼这一海妖怪传说。

车夫在居酒屋喝浊酒（一）（作者手绘）

车夫在居酒屋喝浊酒（二）（作者手绘）

汁酿造，这样酿出的酒劲头最大。据酿酒师傅说，一石白米能酿三石五斗的浊酒，也就是说，里面掺了二石八斗的水。若是清酒，掺八斗水能酿一石三斗，二者相比，浊酒掺的水多两倍，利润也翻了一番。杜氏[1]曾言，饮食之中，唯浊酒利润最高。

若是烧酒，十二贯酒糟能蒸馏出八升酒，其中三升是酒精，五升是普通的水。将其混合后倒入容量为一合的玻璃瓶里，就能卖三钱。当然了，这些酒都辛辣味苦，不能与醴酒之类相提并论。劳动者购买这种烈酒，是把它当作兴奋剂，麻痹身体，缓解一时的疲惫，以此振奋精神、拼命劳动。然而这东西对健康无益，喝多了会影响血液循环，最终引发疾病。可是在病倒以前，他们还是离不开它，只能靠烈酒刺激自己，保存体力。因只有变得兴奋有活力，才能继续工作，而在底层社会，这并不是容易得手的东西。那么，居酒屋消费最高的客人是什

1 杜氏：日本传说中最早酿酒之人。

么样的呢？只要做个实验，你就会惊叹于自己的发现。以下是我记录的样本。

一顶只值五六钱的圆斗笠又脏又旧，像是从垃圾堆里捡回来的，经历了缝缝补补才戴在他头上。一条不高于二十钱的裤子皱皱巴巴，烂成布条还穿在他身上，哪怕被巡警怀疑身份，他也没钱买新的。他每次花一钱五厘剃胡子、一钱二厘剪头发，此刻头上却乱如蓬草。一件十二钱或十五钱租来的短外褂脏得像被牛穿过，上面沾满汗液污垢、臭气扑鼻，引得行人纷纷侧目，连同行也离他远远的，他却不肯买件新的。这类人是十分特殊的样本，时常遭受店主人好奇的打量。但他们在酒桌上绝不吝啬，总是点三瓶酒、两碟醋拌鱼丝，陶然地自斟自酌，直到把钱包掏空。

此外还有些同样令人咋舌的人，比如裹着破布、像蝙蝠一样昼伏夜出、躲避光线（只是因为没有整洁的工作服）、日落后才开始干活的夜班车夫；乌龟般畏首畏尾、鼹鼠般缩手缩脚、走路不自在的土木工人（只是因为天寒衣薄，没法灵活行动）；以及耄耋老人、烂醉者。以上几类人占了大部分。除此之外，还有视喝酒如尽义务之人，端起酒杯贴在唇边，皱着脸强忍辛酸咽下，仿佛有人强迫他似的。

二十四　夜班车夫

　　熬夜跑车的人力车夫又叫夜业仕[1]，有人从傍晚跑到凌晨一点以后，有人从晚上九点跑到拂晓才回家，这类人的数量相当可观。有人说，东京每晚有五千人不睡觉，其中四千人都是车夫。事实上，大都市彻夜经营的路边摊约有一千家，彻夜工作的车夫是他们的四倍，绝对不算少。想来夜班比白班赚的钱更多，客人也更容易找，偶尔还能获得一笔意外之财。就这项营生的性质来讲，夜班刚好能满足某种有玩乐之心的人。就像车夫们常说的"好种""好鸟""捕鸟""放跑了一只肥羊"，他们不惜冒着寒冷，劈开夜色也要专心寻觅合适的顾客，这也是

　　　　1 读作ヨナシ。

一种享受（看客们切勿误解，当时的车夫搜索客人就是这样一瞥一顾，宛如侦探）。

这群车夫数量不少，时常聚集在新桥站附近，京桥、铠桥、万世、两国等桥头，浅草桥、雷门前、上野广小路、九段坂下、四谷、牛込和赤坂等地，或山手见附、赤羽根和永代桥畔等四通八达的交通要塞，以及北郭、南郭、新桥和柳桥等怪窟窄巷[1]的出入口。有的等着嫖客招揽，有的追逐过往行人主动提供服务，还有的把车停在僻静的大街、小路或横街，在寂静的十字路口茫然等待客人的光顾。

我偶尔在下雨的夜晚或落雪的早晨步行经过，只见他们蹲在道路两旁的屋檐下，窥视逼近的行人。无论寒暑雨雪，他们都忍着艰辛，在这寂寥的天地间张网以待。看似迂腐无益，实则也不是我们想象的那般可怜。大都市人口繁多，无论是怎样的狂风暴雨之夜，都有人出门办事。哪怕是万籁俱静的深

二十四　夜班车夫

---

1 以上几个地方是花街柳巷聚集之所。

夜，人与动物都陷入酣眠，街上不见人影，交通之神也会施展它的魔力，如鸦群飞过、流星划过、椿花零落、闪电亮起，从甲地到乙地，自丙家至丁家，从某町到某町。魔力穿透暗夜，接着便有跫音响起，人影闪现，车夫的生意随之而来。这其实是大都市赐予百姓的奇异恩典，他们为了做生意，寒夜在腿间夹灯笼取暖，夏日在车篷里小憩等天光渐亮。落雨时伫立檐下，将毛毯绕在脖子上勉强抵御湿寒，如果有客人出现，就立即解开外褂跑去招揽生意。遇到道路泥泞、难以行走，或是雨脚倾斜、通行困难之时，就是他们收网的好时机：十町可以要价八钱，从麴町到深川能要价四十钱。还有些时候，嫖客雇车去某个地方，自中央市场转入花街柳巷时，会赠予他们许多赏赐。正是为了这些东西，他们才甘愿冒着寒冷与伤身的危险熬更守夜、走走停停，彷徨着搜寻猎物，等待客人。

　　他们挣钱的方式有两种，一种称为"内行"，一种称为"外行"。内行挣钱的方式，就是纯粹的夜班，径直寻找猎物，不接短距离的廉价生意，半夜遇到散客都让给同行，专心等待最后一两只肥羊。因为目标明确，他们偶尔会希望落空、整夜颗粒无收。但偶尔也会撞大运，一小时挣到五十钱。遇到下雨的时候，三天就可能挣到三日元。他们不焦急，不浪费体力，悠然地探查猎物的气息，确实称得上"内行"。

车夫在屋檐下等天亮（作者手绘）

彻夜经营的摊贩（作者手绘）

外行与之相反，一到夜里，往往着眼于各种散客，忙着抢夺生意，从新桥到本乡只收八钱，两国桥到赤坂只收十钱，把所有客人都奉为上宾，分秒必争。五町、八町、十二町的距离只收二钱三钱、五钱七钱，为了一点蝇头小利就四处奔走，有时干到十二点或一点就收车。这类车夫自薄暮就往来于大街小巷、穿梭于行人之中，方圆十町的范围内，数量有一千左右。关东煮、炖菜、大福饼、紫菜卷、豆腐皮寿司、面片汤、荞麦饼团、杂煮、煮红豆、鸡肉烤串、酱油饭、浇汁菜、乌冬、什锦饭、烫酒、年糕小豆汤和甜酒等小摊贩的主要顾客，就是这些夜班车夫。在交通要道摆摊的小贩每晚收入约有二到三日元，利润中有三成左右来自烫酒、炖菜和年糕块等。还有人支起大伞作为简易屋顶，周围以纸门隔挡，驱使四五个童子婢女做饭、炸天妇罗售卖。这类露天摊贩一般出现在晚上十点以后的路边，自新桥到万世桥总计八十六家。同样的店到十二点以后只剩四十一家，到凌晨两点只剩二十三家。由此可知，平均六家露天摊贩里，约有两家彻夜经营[1]。

1 具体计算方法无从考证。

二十五　宿车

　　繁华大楼的背后、大店广肆的窄巷、私会场所、饮食店、政府大楼、公司和私人宅邸的附近，必定能见到宿车[1]，以及人力车的车行。车行门口都垂着绳帘[2]，屋檐挂着灯笼，镶有护板的格子窗上写有商号，里面停着五到七辆人力车。这些车都刷了厚厚的防水桐油，涂层光洁发亮，轮子也刷得很干净。此外，车上还配有黄铜弹簧、橡胶车篷、棉质盖毯以及铺了皮垫的脚踏板，一辆车的装饰费平均十五日元。店里一般有五六个血气方刚的壮汉，身穿深蓝外褂白筒裤，应客户预约前往迎接。

　　他们在雨天从南锅町跑到目黑，三辆车能赚一

---

1 宿车：在车行里等待顾客的人力车（或车夫）。
2 绳帘：类似珠帘的样式，但垂的是长绳。

两二分，五辆车往返于平河町与墨堤[1] 之间，打折后可收两日元。他们寄望于收到客人的小费，午饭能吃到赠送的茶点，因为收入较高而瞧不起路旁揽客的同行。他们每月向车行交三日元伙食费，想吃多少就能吃多少，寝具内衣、筒裤外褂都有车行的人帮忙清洗。有时夜里工作、白天补觉，其他时间在屋里围炉烤火、聊天胡闹或哄堂大笑。他们称呼同辈为"龟公""源公"，或是以"喂，听我说""来来，都看这里"为开场白，分享各种见闻。他们喜欢说业内黑话，时常叼着烟玩花牌，与马夫厩丁交好，还学唱丁零当啷祭文[2]。换句话说，他们是车夫中的车夫，是纯粹的车行伙计。

车行老板的收入一般占整体营业额的三成，如果月平均营业额有八九十日元，就算得上是一家高级车行，但正月和四月例外。每月的收益中，有四五十日元要分给六七名车夫，剩下三十到三十五日

---

1 墨堤：隅田川的堤岸。
2 丁零当啷祭文：デロレン祭文。挨家乞讨时，吹着法螺、摇着锡杖念唱的一种经文。"丁零当啷"是模拟锡杖发出的声响。这种乞讨行为一直延续到明治中期。

元就是老板的收入。他要负责缴纳车轮和各种用具的磨损费，以及煤炭、煤油及其他杂费。

银座背后的八官町、弓町以及平河町、隼町和赤坂田町周边都是高级车行，大家都有自己的熟客。不过，这类高级车行如今也倒闭得差不多了，余下的半是靠熟人预约，半是靠自行招揽。尤其是近些年，在路旁拉车的人越来越多，车夫的收入也有所下降，宿车不再吃香，除了少数有钱又奢侈的顾客，几乎没人会来预约。一味等客人上门的法子再也行不通了，车夫们只能到路边拉客。车轮磨损费每天四钱，五辆车平均每辆的营业额为五六日元，再加上预约的抽成，车行老板每月的收益只有十日元上下，也没有余钱换新车了，只能将就使用。旧车的轴销上沾满泥，挡泥板脱落，盖毯旧了，脚踏板上的皮垫也不见了，一辆车贬值到五六日元，车体修修补补，装饰也没法换新。

说到贫寒，就不得不提车行的宿舍，榻榻米破烂，院子破败，账簿是草纸做的，炉边烧着柴禾，连碗与食案都是破的。睡觉的二楼没有天花板，煤烟直往下窜，头上是低矮倾斜的横梁，房间地板受潮变弯，踩上去软塌塌的。床铺始终摆着不收，纸门不拿掉，灰尘不打扫，燃尽的火柴、蜡烛芯也舍

二十五　宿车

151

不得扔，破被子堆在一起，竹皮、木枕四散。在这落魄的卧房里，几个车夫或躺或趴，正吃着寿司、大福饼。他们有时围坐在一起玩花牌或赌博，交流低俗话题，模仿妓院情景，跟土木行会的工人没什么两样。住宿费一钱、棉被费一钱，加上车轮磨损费，每月要向老板缴纳一日元八十钱。其中很多人因拖欠遭到无情的催账，三四个月后只能逃往其他地方。

这类劳动者的数量大约有一万，自薄暮出车，工作到凌晨一点，又或是凌晨工作两小时、深夜工作三小时，每日赚取二十钱。偶尔生意好能赚到三十七八钱，有时运气不好，一厘也赚不到。吃饭总在外面，且食无定时，每天花七八钱，多的时候能达二十钱，有时候不用钱就存起来。他们偶尔也会去听低级讲谈、观看鄙俗小戏，与同辈相聚饮酒、赌博或嫖娼。如此一年下来也存不住钱，连一条完好的腰带、一双崭新的木屐都买不起，有时连烟枪的枪头坏掉、烟袋破了漏出粉末也没钱修补，常常被妇人嫌弃。

车行里的人力车夫大多过着这样的生活。

二十六　耄耋车夫

男主人正值壮年的中等家庭，一般住在四叠半大的房间，有一平方米的厨房，一家四口每日要花二十五钱生活费，每月还要付一日元二十钱房租。一旦男主人年过五十，哪怕没有穷到抛弃幼子，也大都体力衰减，头秃面皱，无法经受沉重的劳役。工作一整天会筋骨酸痛、头昏眼花、蛀牙疼痛且气喘吁吁，还有的身上贴满膏药，靠针灸续命。

到了这个阶段，只能靠妻子做活补贴房租，女儿去颜料店打工补贴饭钱。他们住在潮湿狭窄的巷弄里，进出只能侧身通过，房屋低矮，只得躬身出入。家里屋檐朽烂，稀疏如老妪牙齿，因为照不到阳光，室内宛如阴暗的洞穴。他们除了旧衣箱、草席和破棉被，再没有别的家产。灶台坑洼似癞头，榻榻米上的垫子脏得像马肚带，但都没钱换新。话虽如此，这个家也还没散。

再往下，看看那些六十岁还在拉车，六十八岁还在下苦力的鳏夫。他们明明该被送进养老院或救济所，却只能继续劳动，大都市的冷酷残忍，实在令人感慨。

一些人没有亲戚或老板能依靠，赚的钱也不够吃饭，只能跟条件差不多的烟枪清理人同住，或是跟收废品的、给木屐换齿的或卖糖果点心的人共用灶台。

即使在下谷万年町、四谷鲛桥和芝区麻布等地的贫民窟，他们也只住得起没人要的倾颓旧屋。这里地板破裂、房顶漏雨，墙上净是污渍，还有壁虎爬过的痕迹。他们蛰居在黑暗的陋室，双眼却炯炯有神，叹着气说：

哎，没意思啊没意思，我对这世界已经厌倦了。没什么值得我劳心劳力了，就算费尽力气也赚不够饭钱。交不起房租要被念叨，家里人也嫌我烦。车行的人没个好脸色，我真是可以去死了。臭家伙，有本事再让我交房租试试！小心我穿着兜裆布蹲你家门口！车行那没心肝的老太婆，有本事就没收我的车！小心我爬进你家厨房弄死你！混蛋，不知道我老人家已经六十八了吗？

他们就这样躲在昏暗的室内，犹如半身不遂的废人，时而两眼放出怪异的精光，时而垂头丧气地感叹，终日沉浸于妄想。然而，废人也不能永远泡在无意义的妄想世界，还是要打起精神，重新去外面赚钱。

年迈的车夫拉着健壮的男人（作者手绘）

赚钱？路人怎会愿意让这具残躯拉车？这残躯又该如何向路人推销自我？读者请看，他们披着破烂的外褂，缠着又脏又旧的毛毯，握着旧车的车把蹒跚地徘徊于贫街中。偶尔来了位客人，车夫行走的速度却似爬虫蠕动，走两町路就腰酸背痛，走三町路就呼吸困难，走出四五町就奄奄一息、几乎倒在路边。如此这般，也要强忍痛苦赚取那一点糊口钱。然而，乘客未必都是老人妇女，偶尔也有身强力壮、血气方刚的男人贪图便宜来坐他们的车，嘴上还不断催促抱怨，世态宛如倒转。

　　警察对非法营业的取缔本就森严，而他们只有这门营生，于是只好去借别人的短外褂，请代理人帮忙应付检查，靠这些方法蒙混过关、偷偷营业。我们平时在路上看到的老车夫，脸上似乎并无劳苦之色，身体也依然健康，那只是因为他们受惠于温暖的阳光、辽阔的苍穹而有了好心情。只要调转方向去看看他们的蜗居，就能明白那些妄想鬼的真实情况。

二十七　生活的战争

　　眼下，东京府内营业的人力车有六万辆，其中两万是轮班的备用车，剩余四万辆长期在外活动。假设一个车夫一天需要二十五钱补贴家用，那把这些劳动者全部加起来，每天必须赚足一万日元才能维持生存。这就相当于东京所有居民经过协商，以一万日元的日薪聘请了一位大车夫，令其随时等候在自家玄关处。雇主应该每天拨给他这笔钱吗？车夫又该每天收取这笔钱吗？大城市真的足够富裕到每天能拿出这么多钱给车夫吗？这些问题值得细细考量。

　　都内三十万户居民，有一百五十万人要吃深川米仓的大米，平均每天耗费四千五百石，即是说，人们为了生存而购买的大米，每天总计也不超过三万日元。而东京人花在人力车上的钱，已经达到大米开销的三分之一。一百五十万居民中，没有哪个人不吃米饭，没有哪一顿少得了米饭，但有多少人离不开人力车呢？大概只有老人、小孩、大半妇女、深闺之人、演员和贵族绅士。从这部分人里再减去大量的穷人、坐马车的，剩余的只有极少数。如果挨个儿询问，这些人大多是忙碌的办事员。其中有人每天出门办事要花三十钱车费，其中十钱是铁路马车[1]费。眼看铁路马车的发展日益繁昌，不断抢走人力车的生意，其收益却不过三百五十日元。

此外，使用人力车的还有普通商人，为了生意从神田到银座、从银座到深川，一天下来要花二十钱车费。但他们出门办事的频率并不算高，一般间隔三五天才坐一次车。另外也有人纯粹为消遣，从忍冈前往金龙山、墨堤和龟井户等地，一日之内散财若干，车费就占了三十钱。但这也只是恰逢晴好天气才有的出游，一月之内最多不出三次。

此外，还有人需要走亲访友、探病串门，自某区前往某区，花费车资若干。然世间社交性质的问候往往七十五天才有一次，就算当天车费高达十日元，平均进入车夫口袋里的也不过十二钱五厘，到

---

1 铁路马车：在铁路上行驶的公共马车。日本于明治十五年（1882）开通了新桥到日本桥之间的线路，车费比人力车和马车便宜。后因铁路和有轨电车的普及而消失。

底是无法满足他们的需求。探亲访友的人本来就少，靠这点钱不可能养得起这么多车夫。

那么，把商人、办事员和都内居民的数量平摊一下，究竟需要多少人力车夫呢？尤其是近来铁路马车日渐发达，运输一片林子的木材那么多的人，每天运费也不超过五百日元。二者相较，人力车的存续实在危矣。东京人还会愿意付给他们一万日元的车费吗？如果不付，他们就会饿死，如果不愿饿死，他们只能主动索要这一万日元。这实乃是当下的一道难题，理应考虑上下层社会的均衡，以此制定底层社会的生活标准。下面请看这场生活战争的实况。

时间是正午。在两国桥畔的车站，车夫们聚在一起聊天。有人问："哦——小哥，昨晚怎么样？"另一人答："我在那之后挣了五十钱。"甲问乙："那之后你怎么样？"乙答："完全不行，一个子儿都没捞着。"丙与丁窃窃私语："我太惨了，昨晚只挣了八钱。"甲腰间缠着破了洞的红毛毯，丙的短外褂已经脱线，乙穿着破旧不堪的窄袖衣、长筒裤，丁头戴军帽，背很驼。他们之中一人是壮汉，一人是老头，一人肥得像猪，一人比蚊子腿还瘦弱。

众人有的秃顶，有的俊俏，有的戴圆斗笠，有的顶着缠头或大黑帽，有的戴着手背套，有的穿长袖衫，有的穿长裤，还有的穿短裤。外貌与服装五花八门，姿态亦是千奇百怪。有人眼神锐利，有人长相鲁钝，有人面容尖刻，有人眉目俊秀，有人相貌粗鄙，有人目光里透出智慧，有人扁鼻窄额，也有人鼻梁高又清瘦，一切骨相的标本仿佛都聚集于此了。

乾说："怎么样，今天有啥新鲜事吗?"

坤说："我刚才去新桥采购[1]，那边挤得不行，桥上全是车，走都走不动。跑了趟龙闲町，赚了七钱，回来的路上吃了点饭。"

巽抱怨行情越来越差，艮说车站的工作真是寂寞啊！

轮班的人口吐恶言："混蛋玩意儿，从这里到赤坂才三百，谁愿意干啊！车行的人可是要吃米饭才能干活的。混蛋，那家伙不知道东京人都住在石头上，

1 采购：人力车夫常用这种说法形容拉着空车到繁华地区。

连喝水都要花钱吗!"

那人又说:"阿龟那家伙又跑了,真是没出息的葫芦瓢,他要是还敢回来,看我不打断他的狗腿!"

名叫阿龟的是个老实人,因为拉车赚得太少,就离开同伴跑路了。

又有人问:"怎么样,你这拖家带口的,昨晚挣了一大笔吧?"

拖家带口那人笑着点头:"是啊,跑冰川挣了十二钱,跑本乡挣了十五钱,回来的路上又跑了趟观音,挣了十八钱。"

"你这畜生!"伙伴们大叫起来。[1]

有人吹嘘自己每天赚很多,有人实话说月均收入五日元。有人抱怨神田的车轮磨损费太高,有人谈论上野的交警不留情面,也有人感叹车费下跌,因交不起损耗费被车行驱逐,或是吃不起饭、进不了酒馆。有人提起赌场上的失利、欠了账还不起,

---

1 对话之中有不少业内黑话,为了便于理解,多数直接译出。

也有人遗憾互助会上没中标、想要嫖娼却失败等。此外还有各种惹人喟叹的传闻、好笑的问答、状似高雅的议论和淫猥的奇谈。话题时断时续，人群时而沸腾，成员时有变动，这龙蛇混杂的集会渐渐偏离原本的主题，大家都开始自言自语，对着风沙木石讲述自家生活的境况。他们的性格有多散漫，由此得以窥见。

这时，突然有位绅士提着包出现。一众车夫立刻停止闲谈、一拥而上，眼露精光地望过去。

甲先喊："客人，我们走吧！"

乙接着说："客人，给您算便宜点。"

丙靠过去道："客人，要去哪里？"

丁突然冲上前："客人，您随便给点就行。"

绅士回头看了他们一眼，蹙起眉头。甲乙丙丁一起跳上前去，异口同声地问："客人要去哪里？"

绅士答："众议院。"

"没问题。"

说着，甲乙丙丁戊己庚辛都拉起空车，争先恐后地凑上前去。绅士望着四面八方将他团团围住的车辕，只能困惑无言、呆立当场。

"畜生！"

"混蛋！"

"我先来的!"

"你胡扯!"

"吃屎吧!"

"抽你丫的!"

"别开玩笑了葫芦瓢。"

车夫们你一言我一语,车子不停发出"嘎达嘎达""咯啦咯啦"的声响——

"客人,我们走!"

"别胡说啊,你这畜生!"

"我先来的,混蛋!""客人,快走吧!""你去吃屎吧!""小心我踢你啊,葫芦瓢蠢货!""客人我们出发吧!""客人客人!"

……

此情此景,俨然一场战争无疑了。

二十八　底层的爆发点

利益总是被上层垄断，一丝一毫也没能流入底层。工资低廉，生计困难，劳动者已经陷入穷途末路的境地。他们之中有人思考过对抗现状的计策吗？无论这些人多么有思想、多么有智慧，见解多么卓越、讨论的话题多么高尚，都不具备对社会本身的思考。硬要说起来，他们并非完全不了解社会，但比起社会上的事，他们更关心自家的生计，并为此而终日忙碌。只要每天能够赚到三十五钱，东京的未来是进步还是后退，他们都毫不在意。

不过，劳动者中并非没有善于发现问题的人，他们发动并不聪明的头脑，从自己经营上的困难总结出经验，不仅归纳出乘客的种类、人力车的数量，比较物价与工资，还分析社会购买力、人们节约或奢侈的情况等，并为此忧心忡忡。

据说东京有六万辆人力车、五万个劳动者，平均每人每天至少需要二十五钱生活费，总计也就是约一万日元的劳务费。东京仅仅是为了维持自身交通的运转，每天就要花费一万日元，这是一种不带合约的负债，东京人则被迫对这项债务负责。只要有一分一秒的延误，饥饿的债主就会迅速找上门来催债。债主们也是不得已而为之。试看过往行人，只要穿着打扮稍显光鲜亮丽，鞋履稍显奢侈高价，或是仅仅挂着蝙蝠伞，头戴帽子、手拿皮包，就有饥饿的讨债鬼从四面八方涌来。他们争先恐后地请求客人坐自己的车，其竞争之激烈，宛如战场，也确实像是在死命催缴欠款。

　　一位心思巧慧的车夫说，如今招揽客人，不是静等客人光顾，而是主动让客人坐上自己的车。另一位伶俐善言的车夫说，如今的客人只有三分想坐车的意愿，剩余七分是不想。确实，就算有三分想坐车的意愿，也会顾及口袋里的钱而倾向于不坐。即便如此，那些机灵的车夫也会跟在客人身后，发挥能言善辩的特长，最终俘获客人，使其坐上自己的车。这类客人虽然看着富裕，但原本是不太想坐车的。伶俐是为了看穿客人的心思，巧慧是为了说服客人，只有既伶俐又巧慧、心思与行动都敏捷的车夫才能马到成功。这就是如今的揽客现状。东京都内有八千二百个车站，不管去哪一个，询问哪一位车夫，都不会有人否认这个结论的真实性。

掂量着钱包，不打算坐车的客人（作者手绘）

这算是真正的营业吗？这种营业真的有必要吗？大都会应该供养且有能力供养这些车夫吗？想来并非如此。

以上原本只是笔者作为记者的偶感、管窥社会的一家之见，但广大劳动者没有足够的智慧思索这些问题、找出善后的良策，只是一味聚焦于眼前的障碍。譬如抵制铁路马车，要求废除公共马车[1]、降低车轮磨损费，要求巡警放宽制裁底线。可这都是些什么事儿啊！比起他们的生活费总额，铁道马车的营业额实在少得可怜，他们却为了这个眼前的敌人烦恼不已，把这条蜿蜒在地面的长蛇视为抢走自家营生、减少丰厚收入、让丰饶土地变为沙漠的罪魁祸首，主张废除它。

可是仔细想想就知道，长蛇每天的营业额只有三百五十日元，就算废除，这些钱也没法填满车夫们的口袋。如果把这点钱按车夫总人数分配，每个人拿到的甚至不足一钱，可他们却无时无刻不把铁路当成敌人，觉得铁路抢了自己五钱、十钱，甚至每日营业额的一半或全部。只要看到铁路马车或听人提起铁路马车，就会咬牙切齿地抱怨。于是，为了除之而后快，他们聚集在一起，商量发动起义或暴乱，以颠覆铁道马车的存在。

不过，这群人没有牵头人或领袖，他们的世界里也没有足够的物质或精神力量来支撑他们撰写檄文、组织集会，甚或团结起来建立同盟并发动一场运动。他们虽然凭借各自的意志在行动，却没人能

▶1 公共马车：又叫"円太郎马车"，按照一定的路线和时刻表运行、每趟搭载不特定的多数客人的马车。主要有普通的马车与铁路马车等。

把这些力量集结起来，他们就像灵活的五指，但无法凝聚成拳头发挥威力。因此，他们的愤怒火焰无法令火山爆发并把岩浆喷向天空，只能徘徊在山腹乃至海底之下。

纵使利益被垄断，底层愤怒的岩浆也未能找到爆发的路径，只在地底呈现出一派混乱的图景。底层社会的人在遇到问题时，没有足够的黏性彼此团结，这显而易见。若是铁道马车、公共马车每天的收益能达到三千乃至五千日元，成为他们营业上的劲敌，他们或许能挺身而出，形成团结的同盟，想办法打倒这个敌人。但事实上，马车每天的收益总计也不足一千日元，即使打倒它，也无法满足人力车夫的需求。既然如此，就算有人犯傻，设计推翻它，也会控制下手的力道。这是精明的马车公司的说辞，听来让人觉得，利益垄断好像也不是什么值得夸大渲染之事。可是，随着底层社会苦热的岩浆升温，终有一天会沸腾、爆发，并在出人意料的地方形成奇观。哪怕马车公司只形成了缥缈的山形，如今却也成了危险的火山，随时可能引爆底层的岩浆。

闲话到此为止。

底层社会那无法喷发的苦热岩浆是多么混乱啊！某天，笔者为了近距离观察他们的营业状况，便尾随一名车夫出门。在人力车夫这个行当，总是把拉着空车、从偏僻住所前往繁华地界的行为叫作"采购"。也就是说，住在本所二丁目、三丁目和排水沟附近或龟岛町、太平町等巷内的车夫，一般会拉车去两国、相生町大街。住在谷中、根津、堂前和稻荷町周边偏僻地界的车夫，会前往上野广小路、山下、雷门前或吾妻桥等繁华场所。住在外神田一带或下谷的车夫会去万代桥。住在深川的车夫会去江户桥、铠桥、小网町、小舟、蛎壳、水天宫附近或人形町一带的繁华区。此外，住在芝区、赤坂的人会去新桥，住在麻布的会去赤羽根、三田。总之，每个车夫都会选择距离最近、人口最密集的繁华地，拉着车去招揽路上彷徨的客人，或是停车四顾、休息片刻，一边听周围人吵嚷，一边在密集的行人中锁定目标，谦恭地说服对方坐车。

不过，客人聚集的地方往往也有许多同行，人力车贯通一条条街道，也制造了诸多纠纷。俗话说，好鸟好客撞上众多牙齿也会变成粉末（撞上牙齿，是指车夫跟在客人后面自我推销，粉末是指零碎的车钱。二者都是车夫们的黑话）。出行的散客大半被铁路马车抢走，路上又有诸多警察巡逻，此外还有普通马车和繁华街上的其他商贩抢生意，人力车夫们很难安稳地做生意。即使是金毗罗宫、水天宫的庙会日，或观音堂开龛、墨堤花开、上野或芝区各公园召开活动的时候，又或是酉市祭典、参拜吉方[1]的日子，车夫们拉车赶往热闹的地方，往往也会被人流挤得难以通行、无法开工，最终无功而返。尤其是那些外行、老实人、老年人和迟钝者，更是如此。繁华区域、交通要道、枢纽地带之地，总能见到同类倾轧的残忍现象。

某天，一个外行车夫握着车把前往附近的繁华区"采购"。往来行人步履匆匆，俱是拒人千里的模样。他发愁地左顾右盼，突然发现新桥的火车站即将有列车到站，于是立刻拉着空车跑到站外，只为抢在其他车夫蜂拥而来之前到达。果然，不远处有个提箱子的旅客似乎想叫车。他得意于自己的神机妙算，靠机智捕获了一只好鸟，正要喜滋滋地拉起车把启程送客，身后突然有人大吼："混蛋，站住！"

东京往事

---

1 在一年之初到吉利方位的神社参拜，祈求本年度平安顺遂。

他讶异地回头，叫他的也是个车夫。他正纳闷呢，身后突然又蹿出一人，重重一拳打在他头上，气势汹汹地说："你这小偷，打哪儿冒出来的！小心我砸烂你的车！"

就这样，他莫名其妙被那恶狠狠的人诬陷为小偷。

"你这家伙真是不要脸，赶紧放下车把！混蛋，老子可是交了二十两！你居然敢抢我生意！"

"给我睁大眼睛看清楚，你这小偷！"

"给我记住，下次再让我逮到，一定打断你的骨头！"

"该死的葫芦瓢！"

原来，在车站拉客要交二十日元的押金。等他终于弄清事情的原委，却已经没了争论的力气，只好默默离去，到对面的停车点休息片刻。

"喂喂，年轻人你干什么，想在那儿休息？不好意思，先交三两。"闻言，他又吓了一跳。

"不交钱就赶紧走，这可不是让人随便乱坐的地方！没睡醒的糊涂蛋，还是洗把脸再来吧！"真叫人意外，但他来不及惊慌，又拉着空车回到马路上，茫然注视着过往行人。

这时，眼前突然出现了一位客人，问他："到九段坂便宜点行吗？"

"没问题，您请。"

他连忙降下车把，正要请客人上车，一个拖空车的俊俏壮汉却从背后钻出来，降下车把抢白道："客人坐我的车吧！"

"那可不行！"

"说什么呢，你这家伙，这是我的客人！蠢货，再废话就扇你！"彪悍的车夫口吐狂言，顷刻间就载着客人离去，他只能无言地目送他们的背影。

"喂，你这家伙，愣在路中间干什么？哪儿来的，出示一下经营许可证。什么时候开始拉车的，什么？老婆死了？没证也不行啊，还是得给你个处分。"

至此，他只能不断鞠躬道歉。真是受尽欺凌的可怜人啊。不过，要是换成个机灵的车夫又如何？读者诸君，请注意他们的营业范围。如果有车夫突然从行人背后冒出来喊："客人坐车吧！"其他车夫也会迅速发现，争相叫喊——

"你干嘛呢，这可是车站前面！"

"车站又怎么了，老糊涂！"

"畜生，不要脸的混蛋，你跟我去趟警亭！"

"蠢货，这边哪儿来的警亭！好了，客人，我们走吧。"

"你这家伙，小心我揍你！"

"你揍啊，混蛋！"

话音刚落，便是一出拳脚相加的乱斗场面。

为争抢客人而大打出手的车夫（作者手绘）

二十九　车夫的食物

在时下社会，东京的车夫究竟以何为食？若是让那些高贵之人、深闺之人，或深山里没见过世面的人听到，一定会非常惊讶吧！其实车夫们吃的并非蜈蚣、蟒蛇等猎奇之物，但在寻常人眼里，也相当不可思议。两国桥的夷饼、糯米饭，浅草桥、马喰町的盖饭，铠桥的力寿司，八丁堀的马肉饭和新桥、久保町的乡村荞麦面、深川饭，都是他们最常光顾的饮食店。

他们总是风尘仆仆地进店，站在窗边擦拭额上的汗水，一只眼盯着店外行人，一只眼看着眼前饭碗。吃饭时也绷紧了神经，随时注意着四周潜在的客人，一旦发现猎物，就立刻撇下筷子匆匆离去。胃里的东西还没消化，脚步已经奔向客人，前脚刚走出饭店，转瞬已经狂奔至三十町外。这就是在路上揽客者的谋生之道，若非如此，就赚不到钱。

关于他们常吃的方便食物，在此挑选几种近日流行的记录如下。

丸三荞麦面——这是用二等小麦粉与三等荞麦粉混合后粗制的荞麦面。满满一大碗只要一钱五厘，普通人只要吃一碗就能抵一顿饭。

深川饭——这是一种速食饭。用蛤蜊肉加葱花煮熟做成浇头，客人来了，就在大碗的白饭上加浇头。一碗同样是一钱五厘。普通人大都受不了蛤蜊的海腥味，但对他们而言，这种饭在冬日里最为方便，所以时常光顾。

底层社会的饮食店（作者手绘）

马肉饭——这种饭虽然风味不佳，但在如今的底层饮食店里呼声最高。烹饪方法与深川饭类似，但浇头里的马肉是从骨头上刮下来的碎肉，油脂味很重，普通人难以下咽。这种饭一碗只要一钱，食量大的一顿能吃三四碗。

炖煮——这可谓劳动人民的滋补品，食材是从屠牛场采购的内脏、肝、膀胱和舌肌等，将其切成小块，穿成串儿，加酱油和味噌一起煮入味。一串只要二厘，嗜吃此物的人站在店里一口气就能吃二十串。这东西味道腥臭，带着股牲畜异味，普通人闻了都不愿靠近，更别提入口。加上烹饪方法不卫生，汤汁混着血液一起煮，宛如闭城不出、弹尽粮绝的兵卒在烹煮人肉，令见者胆战心惊。但车夫们明白，若不吃这种炖煮，就会缺乏营养、面黄肌瘦，所以他们大都爱吃。

不过，卖炖煮的往往是些残疾人士，有的原本就是贫民窟的老人，烹煮食物也没有完整的器具。锅是破铜烂铁，仿佛废弃了十年，上面锈迹斑斑。破锅下是个烂鞋柜，一度在废品店檐下经受风吹雨打，修补后勉强成了灶台。见此情形，我不由得想，世上大概没有毫无价值的废品吧！那些大旧货店里往往囤积了许多完好的炊具食器，但无人购买，店主不知如何处理，只能年复一年，任其在檐下生锈。

烤鸡肉——与炖煮一样，是干力气活儿的人们喜爱的滋补品。一般是从军鸡[1]店采购鸡的内脏，处理后串烤。一串三到五厘，香气扑鼻，令人难忘。车夫们往往蜂拥而至，争相品尝。

乡村团子——以小麦粉制作的团子，蒸烤之后涂上蜂蜜或黄豆粉。口感不好，难以下咽。如果误食，可饮用四到五杯沸腾散[2]以助消化。不过，容易饥饿的劳动者常用它代替中饭，省下饭钱。

二十九 车夫的食物

---

1 军鸡：一种可供斗鸡、观赏用的鸡，原本是江户时代从泰国引进的品种，后来进过日本的改良，培育出独自的品种，成为日本特有的畜养动物。

2 沸腾散：食用小苏打与酒石酸加水混合的产物。曾经作为清凉剂、缓泻剂使用。

三十　低档餐饮店的头号主顾

低档餐饮店，尤其是饭店、居酒屋，在浅草、神田和芝区一带数量众多，它们大都是为劳动者提供饮食的。生意最好的是两国附近的店铺，这里聚集了大量车夫、小商贩与忙碌的百姓，自黎明时分就开始煮饭烧菜，等待劳动者光临。直到晚上十点、十一点前后，都有客人不断进出，场面混乱，店门口也总是一片狼藉。糯米饭、乌冬、咸年糕、炖煮牛肉和马肉饭都是他们的招牌菜，以至于深川饭、丸三乡村荞麦面、天妇罗荞麦面都被抢了风头。神田三河町周边尤以小饭馆数量最多，方圆三町之内就有十五六家。还有下谷竹町的新城区、万代、和泉桥附近，八丁堀冈崎町以及对面的两国、本所二丁目大道等，只要是车夫群集的地方，周边到处都有类似的小饭馆，店门口垂着绳帘，屋檐挂着灯笼，门外放有"便宜"二字的招牌。

餐饮店的头号主顾是车夫、土木工人，这些单身汉总是把在路上赚到的钱花在路上，数十年如一日。从元旦清晨到除夕深夜，无论节假日还是祭祖日都会光顾饭馆。世人一般认为，常客总能受到店家照拂，或多或少占点便宜，实则不然。这些店家对待所有人都一如初见，真不愧是在大城市做生意的。

低档餐饮店的头号主顾——车夫、土木工人（作者手绘）

那么，这些人力车夫在餐饮店花钱的状况又如何呢？他们赚钱的数额并不是秘密，多数人并不奢求美服加身，自然也没什么高尚的念头，只想通过些粗俗的保养娱乐身心、满足口腹之欲，所以每天的营收全都花在了吃喝上。饭店、居酒屋的女佣和童仆已见惯他们挥金如土，也能敏锐地预言他们的挥霍行为。

如果一个车夫早上钻进店里，童仆就会推断他今早从两国拉客到了新桥，又从京桥拉了一单五钱的客人来到这里，钱包必定充裕，少说也有十二钱，于是决定试试他今早会点多少吃的。车夫先生果真有气概，他刚因早上的工作出了一身汗，此刻绞着擦过汗的手巾，单手提着蒲团和烟袋，在酱油桶上坐下来。我环顾四周，有两三个土木工人吃完饭准备离开。对面的男人身穿四角和服（不同于劳动者着装，是一种有袖子的衣服），想来是戏班班主。只见他桌上已有五六个烫酒壶，脸上也泛出微醺之色，估计是回家路上顺便来吃早餐。旁边的女人好像是人力车夫的妻子，带了个五六岁的孩子吃得正欢。

在酱油桶堆积如山的阴暗角落里，有个身穿红色破衫的老头，像狗一样蹲着偷偷进食。他面色蜡黄、皮肤肿胀，一看就身体不好，此外还步履踉跄、几欲栽倒，想来是个夜班车夫（前文中提到，有种夜班车夫白天蛰居在家不见阳光，夜里才出门营业，由于夜晚更深露重，常年下来精气尽失）。

刚进来的车夫要了汤和烧菜浇在白饭上。童仆知道他手头宽裕，怂恿他再来一碟二钱的炖鱼、一碟三钱的刺身，他沉默着没应声。不多时，又进来一个车夫，童仆用嘶哑的声音说有素菜和鱼，车夫点了刺身入座。接着又来一位客人，点了河豚锅，兀自盘腿而坐。眼看自己就要被河豚锅和刺身包围，前面那位车夫终于忍不住加了菜。到头来，他桌上摆满奢侈的菜肴，一顿早饭就吃了三菜一汤、六碗米饭，花掉了五钱八厘。早餐花了这么多，中餐又会如何，晚餐又要花多少呢？真叫人难以想象。

吃过早饭之后，他们一直没找到满意的差事，及至午炮[1] 过后，连一钱也没赚到，只在薄暮时分跑了十町，堪堪赚到两钱，真是可怜啊！他们的午餐是两碗马肉饭，晚餐只有一片年糕。

1 午炮：明治四年（1871）到大正十一年（1922）间，通报午时的炮声。

三十一　餐饮店的女佣

虽然餐饮店的女佣与其他佣工一样，有一日元五十钱的酬劳，能领到两季唐栈[1]和服，但工作量却是其他工种的两到三倍。她们大多只有十五六岁到二十岁上下，出身于东京。其中有些在厨房工作的女孩子骨骼强韧，力气比男人还大。除了每月一次的休息日，她们时刻都闷在臭气熏天的房间里做饭洗碗，工作之辛苦，柔弱的妇人肯定会受不了。尤其是严冬的早上，寒气逼人，地面结满霜柱，她们因睡不暖和又过度劳累而手指生疮皲裂，无法自如劳动，该洗的碗也洗不了了。即使不至于此，也会不小心泼洒汤汁、弄脏饭桌。不必说，她们住在废

1 唐栈：一种进口细条纹布。

屋、陋室，往往与坑夫、佣人结为伴侣。

这些厨房女佣大都身体健康，身份并无可疑，在中介的斡旋下进店工作，但偶尔也有身患残疾者。这类人要么是私生子，要么是弃儿，本该住进弃儿院、养育所，却意外被路人捡回家养大，度过悲惨薄命的一生。

她们睡觉的地方，尤其值得留意。床铺本该是环境卫生的基础，可她们根本没有床，平日休息也只能在喝醉的客人坐过的两三张榻榻米上将就一下。这地方空间狭窄，即使收拾之后还是跟驿马的肚带一样脏，铺在身下的寝具也像耕牛的鞍垫一样。睡觉时，两三个人互相靠在一起，甲女枕着乙女的屁股，丙女的头挨在甲女的腋窝旁，宛如一窝狗崽或蚕蛹，伸不直腿、张不开臂膀，整个身体无法放松，就这样蜷缩着熬过一宿。

此外，再加上终日的疲劳、不规则的饮食、潮湿的房屋和阴郁重复的劳作，导致她们无法正常发育。有人过度肥胖，有人过度瘦弱，有人矮胖，有人长腿短脖，宛如讽刺画里的人物。还有人过了三十岁，脸却像个小孩，面色苍白、头发凌乱、衣着褴褛，洗完脚在门边引颈而立，发出无意义的声音。也有人长得漂亮、举止优雅、面容温婉、遣词造句高贵大方，简直不像贫民窟的居民，让人心生疑惑，不由责怪上天对她的怠慢。

关于女佣们的体格发育，还有一则逸闻。曾经有个车夫住在浅草周边，每天早晚都在附近的店里吃饭。一天早上，他侥幸被一位达官贵人雇佣，连续几年都在外国的公馆侍奉，期间也怀念过故土的青空。等他终于回国返乡，顺路到那家店吃饭，只见店门口站着个十四五岁的少女，正是从前在这里打工的女佣。如今她还在这里工作，容颜没有一丝改变。车夫觉得不可思议，宛如浦岛太郎[1]从龙宫回到人间，打开宝箱突然变老，而女佣还是从前的模样。车夫对此讶异不已，询问故交，才知道那女人已经以那副模样在此地工作了十多年。这样算来，她差不多也该有四十岁了。人生过半却依旧童颜，周遭人都说她体质奇异，而这种例子，并不仅仅见于底层社会的勾栏。

---

1 浦岛太郎：日本古代传说人物。浦岛太郎本为渔夫，一次在海边救了一只海龟，海龟为报恩，带他赴龙宫游玩，龙女款待了他并在其返回岸上时赠予一个玉盒。浦岛太郎回到家乡，发现故人已不在，于是打开玉盒，自己也转瞬变作白发之翁。——编注

木曽街道六十九次　福島　浦島太郎

三十二　劳动者的业绩考核

　　既然银行、公司都有人负责考核业绩，车夫每天的工作自然也需考核一番。虽然其他行业都有带薪的簿记员详细记录和汇报每位员工的营业额，底层社会却没有这样的职务。二者同样都是靠营业赚钱，社会怎能不对底层的百姓做一番调查呢？笔者曾用一天时间充当他们的簿记员，做过些许调查，并将结果记录如下，读者诸君看看也没坏处。据说合众国干这行的调查委员，每月都要编写两百页的报告。

　　一等车夫——这部分人年龄在十八岁以上、三十五六岁以下，都是血气方刚的青年、壮年单身汉、无病且腿脚快的人，俗称铁汉。我以其中一位车夫为对象进行了调查。

　　八钱：从上野到日本桥，二十二町。乘客为乡村绅士。

　　十二钱：从江户桥到四谷，三十町。乘客为高级商人。

二十钱：从九段坂到龟井户，上下六十町。乘客为贵妇。

五钱：从九段坂到京桥，二十町。乘客为青年办事员。

二十钱：从银座到北郭，四十五町。乘客为公司职员，但时间是深夜。

合计六十五钱，距离总计一百七十七町。

不过，必须强调，上述收入参考的是他每个月生意最好的一两天，平时收入只有它的一半甚至更少。

二等车夫——这部分人年龄在三十岁以上、四五十岁以下，多数结了婚。虽算不上年老体弱，却也不如少壮者健步如飞。我从中找来一人作为调查对象。

五钱：从两国到永代，二十町。乘客为商人。

三钱：从深川到浜町，十町。乘客为妇人。

八钱：从铠桥到虎之门，二十八町。乘客为公司职员。

四钱：从芝区久保町到赤羽根，十五町。乘客为千金小姐。

十钱：从新桥到本乡，三十三町。乘客为官吏。

合计三十钱，距离总计一百零六町。

不过，这种收入水平最多三天能有一次，并非每日都能达到。

虚弱者——这部分人年龄在六十岁左右，身体羸弱，难以胜任力气活儿，算是半个病人。我也从中寻找了一位调查对象。

三钱：从万代桥到浅草，十町。乘客为手艺人。

二钱：从上野到观音，八町。乘客为老太太。

四钱：从观音到本所，二十町。乘客为农民。

二钱五厘：从两国到观音，十四町。乘客为老大爷。

三钱：从和泉桥到水天宫，十三町。乘客为妇人。

二钱：从神田到两国，六町。乘客为商人。

合计十六钱五厘，距离总计七十一町。

老耄者的营收大抵如上，他们不像壮年车夫那般能招揽客人，即使拦到客人也跑不动，只能捞点壮年车夫们不要的猎物。除了本该获取的报酬，如果客人再多给一钱或五厘小费，他们简直要三拜九叩地感谢对方大恩，真真是可怜啊！

此外，记者还调查了这些车夫的人数多寡（以下是以千人为单位的比例）。

健步如飞者	二百
普通者	五百
虚弱者及老耄者	三百

虽然在警察局的记录册里，五十岁以上的营业者占比很少，但实际调查结果出人意料，老人数量相当多，壮年病弱者也不少。

三十三　日薪劳动者的人数

浅草自阿部川町、松叶町往西一带的近郊，下谷广德寺后街、神田三河町和本所外手町以东的偏僻区域及芝区浜松町、深川富冈八幡附近，据说都是东京劳动者聚居的巢穴。其余各区的近郊也零星分布着不少人，一旦碰上什么事，每个区至少能派出五六百人。这数量巨大的劳动者都有自己的头目，不能擅自就业，必须听从头目的调遣。

劳动者搬运土石，工长在指挥他们（作者手绘）

头目就是底层社会的小队长，也被称为"栋梁"或"丁长"，他们颇有权威，手下率领着四五十个人，算是区域内的头面人物。一般而言，工长之上有包工头，包工头之上有公司，但也有些时候，公司会直接委托工长办事，有时候没有公司也没有包工头，工长可以直接承包项目。这类工作中，最辛苦的是府厅土木科规划的道路维修、桥梁替换、自来水管道工程和河道疏通等，以及属于递信省[1]业务的电话机架设、各官省各公司的土木工程和町家的房屋建设等。需要人数最多的则是运输公司或东乡组、日本桥槙町及材木町周边运输公司通过包工头带来的业务。参与其中的劳动者，有的听命于三菱、三井物产、安田和平沼等公司手下的包工头，有的隶属于镰仓河岸的殡葬公司或小石川的彼得公司，后者约有百人左右。殡葬公司总是会临时亟须大量劳动力，一次千人乃至一千五百人，大都是从两到

1 递信省：掌管交通和通讯事务的中央官厅，创设于 1885 年，于 1949 年分为邮政省和电信省。

三个包工头或工长手下的人员里招募。

举例而言，如果某大臣的葬礼、某公司社长的葬礼与某游郭老板的葬礼在同一天举行，那么东京府内有大半劳动者都要穿上白衣，到日暮里、谷中、青山或是丰岛冈[1] 去抬轿、捧花或充当劳力。自西南战争[2] 以来，这些劳动者最抢手的日子就是格兰特将军[3] 访日那天、宪法颁布之日以及岩崎弥太郎[4] 氏葬礼那天。他们的钱包因此填满意外之财，也难怪这些人忘不了格兰特与岩崎氏，且期待国家能颁布新宪法。

由上述内容大概可以推知，他们在无事发生的日子从事着何种工作。

1 这几个地方都有比较有名的墓园。

2 明治十年（1877），以西乡隆盛为主的鹿儿岛士族叛乱，政府派兵镇压。这是明治前期最大、也是最后一次士族叛乱。

3 格兰特将军：指美国的尤利西斯·辛普森·格兰特（Ulysses Simpson Grant），美国军事家、陆军上将，第十八任美国总统。于 1879 年访日。

4 岩崎弥太郎：日本实业家，三菱财团的创始人。

三十四　已婚者与单身者

　　日薪劳动者里那些已经成家的，虽然收入微薄，蛰居于窄巷中，每天为吃饭发愁，却也作为一家之主立于世间。他们每天要花二十钱买二升五合白米，靠这点食物填饱一家三口的肚子，而这些钱在柴禾涨价时能买五大把。勤快点的妻子会替人缝补衬衣，给足袜纳底儿或给手绢勾边儿，每天赚四钱以贴补房租。也可以找一两个同伴来合租，抵补柴禾费与炭油钱。

　　但这只是一种愿景，他们的妻子大都懒惰，且不愿耗费精力干这些零碎活计。找人来合租只会给对方提供机会存钱跑路，到头来家里还是交不起房租，最终落得被房东清退的下场。

　　与之相对的是轻松的单身汉。这类人基本都住在工头找的房子里，五到八人睡在二楼一个十到十二叠、没有天花板的房间里，只需要付一钱寝具费（冬天只有一床薄被，夏天是一张草席）和一钱房租。住在这里的都是二十岁到三十岁的壮丁，多分布在神田三河町、芝区浜松町周边。每当晨鸦报晓，街上人声开始喧哗，马车推车的声音传来，贪睡的他们便会被无情地夺走床被，连沉浸美梦的机会都没有。揉着疲倦的手腕看向枕头，上面还有昨晚散落的零食碎渣，荞麦屋的托盘更是早该归还，钱也该结了。但甲昨晚去听讲谈了没回来，乙喝醉后赖在警亭，此刻也不见踪影，明明该五个人出钱，此时却只剩三个人分摊，真是倒霉极了。

土木工人合租的地方都是以集体为单位行动，阿部川町小巷子里的群租客、下谷竹町周边的头目手下那些铁路货车搬运工都是如此。他们每天要付一钱房租、一钱寝具费，还有草鞋费、泡澡费和买烟钱以及替换工作用的外褂、长裤等费用，若是从酬劳里扣掉这些，就剩不下多少饭钱了。话虽如此，他们在餐馆里花钱却分外奢侈。此外，在某项娱乐上耗费的钱财也绝对不容小觑。

数年前，都内的柴钱旅店尚未被废弃的时候，不管成没成家，大半劳动者都带着各自的行头混居在一起。十叠乃至十四五叠的房间里住了三到五个家庭，五到七人轮流使用同一个灶台。甲家在北边角落，乙家在西边角落，丙在左侧，丁在右侧，大家各占一块空间吃饭，只用一扇屏风或矮屏风彼此隔开。

破烂的屏风

入夜后，每家每户都会撤走格挡之物，把床铺让给新来的客人。往往在室内鼾声此起彼伏之时，旁边还有人在吃饭喝汤。有时小孩撒尿的声音会惊醒整间屋子的人，还有时虱蚤整夜乱窜，让人不得安眠。这样满目褴褛的地方，如今该往何处寻呢？浅草松叶町、四谷鲛桥和芝区新网等地的巷内群租屋，想来会欢迎这些劳动者的到来。

三十五　夜市

　　若是有人突然问，大都市的夜市为何如此繁荣？即使是再聪明的人，也很难用简单的话语给出令人满意的回答。笔者想说的是，底层社会的购买力，在入夜后才开始提高，但这句话也只是个生硬的结论。当然，底层社会的购买力确实是白天三分，夜里七分。按照惯例，男主人傍晚归家，妻子这时才出门置办各种日用品。然而，这个单纯的道理毕竟不适用于整个夜市。

　　有位商人曾说，大城市的夜市之所以繁荣，是因为商人在跟时间赛跑。因为决定大城市商品价值的，与其说是物品本身，不如说是售卖物品的时间点。早上卖的报纸每张一钱五厘，到了傍晚就降到八厘、五厘，至夜半则以三张一钱的价格被抛售。虽然这只是日刊新闻的市价，但普通的商品只要是在城市里售卖，都免不了类似的命运。

　　蔬菜市场的蔬菜市价，大抵是以上午八点为界线，十点降价两成，到了十一点半多数物品会降至最初的一半，但根据种类的不同又略有差异。鱼市也一样，晚市的东西到了早上就会掉价，上午十点一过，只能抛售给宫物师。

夜市的盆栽店（作者手绘）

只有旧衣市场的早晚市价不会有太大波动，话虽如此，服装也有季节之分，应季服装和非应季服装的差价高达三成左右。但应季持续的时间不会超过十天，因此旧衣店商人跟时间赛跑的速度也不算慢。相比较，废品店的情况又略有不同，以采购蝙蝠伞为例：十二月到一月的冬天，一把伞只需八九厘，而从二月末到三四月，同样的东西要花三钱以上，这也是所谓的应季问题。

大横町之夜景

另外，新颖的玩偶、玻璃弹珠等玩具也存在类似的情况。在节庆日贩卖的商品，到第二天、第三天只能卖到原先价格的一半乃至四分之一，金鱼、植物等也一样。玩具商人也必须跟时间赛跑，因为跟时间赛跑，就是跟价格赛跑，在能卖出好价钱的地方，必然会出现商品的繁荣，这是自然的道理。夜市的繁荣是因为商人在跟时间赛跑，这话说得实在妙。请务必记住，以备将来参考。

如果在东京开店的商贩数有一万，那没有店面的商贩也有一万，其中夜市的商人就不少。此外，东京还有数万家大型店铺，几乎每天都要从仓库或货架上清理各种瑕疵品、滞销品，夜市的商品也因此更加丰富多彩。夜晚的东京比白天热闹，绝对不是偶然。

在夜晚的东京，最值得称道的盛景要数人形町的新城区，这里也是个广为人知的旧货市场。在这里设立摊位的旧货商，有的来自附近的浜町、大阪町或八丁堀方向，也有不辞辛劳从二三十町外的深川、神田等地运货过来的人。此外，银座大道、神田须田町、浅草广小路、麻布十番、八丁堀冈崎町、深川森下町、外神田、本乡、四谷和麹町等地的夜市，也为入夜后的城市增添了色彩。

节庆日里，最大的夜市是位于蛎壳町二町目的水天宫，往来行人络绎不绝，曾是东京第一的热闹场所。西边自铠桥横穿大米市场，往北至大阪町一带挤满了露天小摊，四处油焰高涨，从旁经过时每每让人心焦。虎之门的金毗罗宫、铁炮洲的稻荷神社、深川的不动堂、传通院、麴町番町的二七不动院、小川町的五十稻荷神社、具足町的清正公[1] 和神乐坂的毗沙门[2] 等，最早都是因其热闹的夜市而为人所知。

1 清正公：指安土桃山时代的武将加藤清正。江户时期，清正被神格化，作为开运的守护神被庶民尊崇。此处是指清正的塑像。
2 以上都是观光景点。

附录

正文前插图出处

三味线艺人（礒田湖龙斋）

柴钱旅店（歌川广重，《木曾海道六十九次　御嶽》）

赤城神社之图（《新撰东京名所图会》第四十一编）

明治时代东京街景图（《新撰东京名所图会》第二十六编）

鲛桥贫民窟之夜（《新撰东京名所图会》第三十九编）

丰川茶枳尼天堂内院之图（《新撰东京名所图会》第三十七编）注：茶枳尼天是佛教的鬼神，在日本与稻荷信仰相融合

显贵舞会简图（杨洲周延）

楠木正成凑川大合战之图木刻版画（歌川贞秀）

善国寺毘沙门堂缘日之图（《新撰东京名所图会》第四十一编）

牛辻箪笥町南藏院及弁天坂之图（《新撰东京名所图会》第四十二编）

御堀端之图（《新撰东京名所图会》第四十编）

七福神浮世绘（歌川国芳）

东国风俗福喜图　吴服（杨洲周延）

被木曾驹若丸义仲抓住鼻子的天狗（月冈芳年，《美勇水浒传》）

粟津之战的巴御前（歌川芳员，《粟津原大合战之图》）

永代桥东大雪图（《新撰东京名所图会》第六十二编）

大江山的酒吞童子与源赖光主仆（歌川芳艳）

铁路马车往返京桥砖墙建筑与竹河岸图（第三代歌川广重）

本乡三丁目与四丁目之图（《新撰东京名所图会》第四十九编）

出山寺挂衣松（《新撰东京名所图会》第五十七编）

东神田染坊晾晒场高高挂起的布手巾之图（《新撰东京名所图会》第二十三编）

正文插图出处

最黑暗的东京

衣衫破烂的乞丐（《东京朝日新闻》明治 26 年 3 月 14 日）

一　贫民区的夜景

三味线艺人在路上唱歌（Georges Ferdinand Bigot）

角兵卫狮子舞（石原正明，《江户职人歌合》）

贫民的欢饮时刻（公版插图，图源维基百科）

二　柴钱旅店

用铁浆染黑牙齿的妇女（歌川国贞，《时下化妆镜》）

三　天然床铺与柴钱旅店

西行像（MOA 美术馆）

松尾芭蕉像（葛饰北斋，《北斋漫画》）

四　住所及家具

武士楠木正成（日本明治时期丝绸手绘卷轴画，约 1880 年）

贫民的家什，用绳子穿起木片当鞋穿（作者手绘）

五　贫民区的谋生方式

贫民窟（中村不折）

修在家门口的厕所（大小便之地，作者手绘）

铁工厂男工（横山源之助，《日本下层社会》，明治 32 年）

六　日结工中介

吉原各楼之图（《新撰东京名所图会》第五十八编）

剩饭屋的房子（作者手绘）

七　剩饭屋

贫民在剩饭屋买饭（作者手绘）

八　贫民与食物

贫富之差（Georges Ferdinand Bigot）

九　贫民俱乐部

青山练兵场之图（《新撰东京名所图会》第三十八编）

聚集贫民，施舍稻谷（作者手绘）

数寄屋町妓院（《新撰东京名所图会》第五十一编）

浪花百景 松屋吴服店（中井芳滝，大阪市立中央图书馆藏）

十　新网町

麻布一棵松之图（《新撰东京名所图会》第三十六编）

卜卦师和按摩师（公版插图，图源维基百科）

神田小川町通之图（《新撰东京名所图会》第二十一编）

十一　饥寒之窟的一天

奔跑的车夫（《东京绘入新闻》明治14年11月25日）

观望的车夫（《东京朝日新闻》明治27年11月8日）

十二　借贷

穷人的葬礼（公版插图，图源维基百科）

十三　新城区

曲艺场的浪花调表演（《风俗画报》明治40.10.10号）

十四　拍卖行

拍卖行拍卖旧货（作者手绘）

附

录

十五　二手交易

　　贫病之家（公版插图，图源维基百科）

十七　早市

　　神田多町的蔬菜市场（作者手绘）

　　砂村新田的西瓜船（作者手绘）

　　天狗与象（锦绘）（歌川国芳，《心学稚绘得》）

　　《山海经》中的天狗

十八　十文钱的市场

　　通新石町的玩具店（作者手绘）

　　巴御前出阵图（绢本着色，東京国立博物馆所藏）

十九　无家可归的人

　　在路旁过夜，等待天亮（作者手绘）

二十　最黑暗之所的怪物

　　大江山鬼王酒吞童子的首级袭击源赖光（小村雪岱）

二十二　餐饮店明细

　　肮脏的低档饭店厨房（作者手绘）

　　臭不可闻的长屋厕所（《东京绘入新闻》明治 10 年 7
月 26 日）

二十三　居酒屋的客人

　　车夫在居酒屋喝浊酒（一）（作者手绘）

　　车夫在居酒屋喝浊酒（二）（作者手绘）

二十四　夜班车夫

　　车夫在屋檐下等天亮（作者手绘）

　　彻夜经营的摊贩（作者手绘）

二十六　耄耋车夫

　　年迈的车夫拉着健壮的男人（作者手绘）

二十八　底层的爆发点

　　掂量着钱包，不打算坐车的客人（作者手绘）

　　为争抢客人而大打出手的车夫（作者手绘）

二十九　车夫的食物

　　底层社会的饮食店（作者手绘）

三十　低档餐饮店的头号主顾

　　低档餐饮店的头号主顾——车夫、土木工人（作者手绘）

三十一　餐饮店的女佣

　　木曾街道六十九次　福岛　浦岛太郎（歌川国芳）

附
录

三十三　日薪劳动者的人数

　　劳动者搬运土石，工长在指挥他们（作者手绘）

三十四　已婚者与单身者

　　破烂的屏风（《东京朝日新闻》明治 29 年 3 月 8 日）

三十五　夜市

　　夜市的盆栽店（作者手绘）

　　大横町之夜景（《新撰东京名所图会》第三十九编）

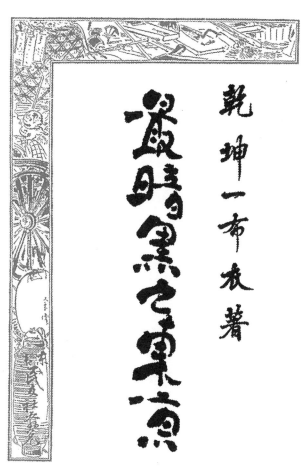

乾坤一布衣著

最暗黑之東京

《最暗黑之东京》（明治26年民友社刊）

图书在版编目（CIP）数据

东京往事/（日）松原岩五郎著；熊韵译. --成都：
四川人民出版社，2023.7
ISBN 978-7-220-13166-0

Ⅰ.①东… Ⅱ.①松… ②熊… Ⅲ.①纪实文学-日
本-现代 Ⅳ.①I313.55

中国国家版本馆 CIP 数据核字（2023）第 048163 号

DONG JING WANG SHI

东京往事

（日）松原岩五郎/著 熊 韵/译

出 版 人	黄立新
策划组稿	赵 静
责任编辑	杨 婧 赵 静
营销编辑	杨 婧
封面设计	张 科
责任印制	周 奇

出版发行	四川人民出版社（成都市三色路 238 号）
网 址	http：//www.scpph.com
E-mail	scrmcbs@sina.com
新浪微博	@四川人民出版社
微博公众号	四川人民出版社
发行部业务电话	（028）86361653 86361656
防盗版举报电话	（028）86361653
排 版	四川看熊猫杂志有限公司
印 刷	四川新财印务有限公司
成品尺寸	125 mm×185 mm
印 张	8
字 数	124 千
版 次	2023 年 7 月第 1 版
印 次	2023 年 7 月第 1 次印刷
书 号	ISBN 978-7-220-13166-0
定 价	76.00 元